時間をかけたっぷりと苛め抜かれた乳房には、
いくつも赤い花が咲いている。頂は可哀想なほど赤く熟れ、
彼の唾液に濡れ光っていた。
「いずれここだけで達せそうな乱れっぷりだな」
Illustration©Ren Hidoh

Black Opal
オパール文庫

凶愛な性《サガ》
冷徹な敏腕医師に
壊れるほど愛されて

山野辺りり

プランタン出版

※本作品の内容はすべてフィクションです。

プロローグ

激しい雨が降っている。

風が煩《うるさ》いほどに木々を揺らし、閃光が暗闇を裂く。

琴乃《ことの》は手の中から滑り落ちた受話器を拾うこともなく、呆然《ぼうぜん》と立ち尽くしていた。

つい先刻まで耳障りでしかなかった暴風と雷雨が、急に遠のいて何も聞こえない。いや、きちんと耳は機能しているし、送話口からこちらへ呼びかける声も拾っている。

けれども、意味が分からなかった。

少し前に『無理をしないでね。気をつけてね』と両親あてにメールしたばかりなのだ。運転中の父に代わって母が『大丈夫よ』と絵文字付きで元気な返信をくれたではないか。

それからまだ、二時間と経っていない。

なのに何故、警察から電話などかかってくるのだろう。琴乃の両親が車で事故に遭い、病院に担《かつ》ぎこまれたなんて質《たち》の悪い冗談を言うのだろう。

「琴乃ちゃん？　どうしたの？」

同居している祖母が孫の異変に気がついたのか、背中から声をかけてきた。その呼びかけに、廊下に立ち尽くしていた琴乃は緩々と振り返る。

悪戯電話がかかってきたのと笑いたいのに、上手く口が回らない。失礼な冗談だと怒りたいのに、何も言葉が出てこなかった。

強張《こわば》った琴乃の様子に怪訝《けげん》な顔をしつつ、祖母がぶら下がったまま放置されていた受話器を持ち上げる。

――お祖母ちゃん、駄目。その電話に出ちゃいけない。だって聞いてしまえば『事実』になってしまう――

制止する声はおろか、指一本まともに動かない。足が震え出した琴乃は、なす術《すべ》もなく祖母が皺《しわ》だらけの手で耳に受話器を当てるのを見守っていた。

「姉さん、誰から電話だったの？」

弟の春馬《はるま》が寝そべったまま茶の間からのんびりと顔を覗かせた。青年と呼ぶにはまだ早い若々しく整った容姿はよく日に焼け、とても健康的だ。大きな眼のせいで童顔に見えるのを本人は気にしているのだが、彼の魅力でもある焦げ茶色の双眸《そうぼう》をパチパチと瞬いた。

憂いのないいつも通りの表情が、いっそこれは夢なのではないかと琴乃に錯覚させる。

心配をかけたくない一心から、『何でもないよ』と言おうとして喉がつかえる。掠《かす》れた呻《うめ》きは、祖母の悲鳴に掻き消されていた。

「すぐにそちらへ向かいますっ、息子たちは、無事なんですよね……っ!?」

懇願《こんがん》にも似た叫びへの回答を、琴乃は聞かなくても悟っていた。

田舎で執り行われた親戚の法事の帰り道、悪天候に見舞われて父が運転していた車は崖下に転落した。幸い目撃者がいたおかげで救助は迅速に行われたけれど——父も、母も重体。急がなくてもいいから、くれぐれも気をつけて病院に来てくれと言われたそのわけは

———

「えっ……っ？　祖母ちゃん、それどういうこと……」

畳でゴロゴロとしていた春馬が血相を変えて飛び起き、電話を切りよろめいた祖母を、慌てて支えた。

呆然としたまま反応できない祖母に焦れたのか、弟が問いかける眼差しを琴乃に投げかけてきたけれど、こちらも何も返せず視線をさまよわせる。

何も。一言も発すべき音が喉を通過しない。

沈黙は、琴乃も祖母も何か口に出すのが怖かったからかもしれない。一度言葉にしてしまえば、もう向き合うより他なくなってしまう。

暫《しば》しの逡巡《しゅんじゅん》の後、震える声を絞り出したのは祖母の方だった。

「お父さんとお母さんが事故に遭って、病院に運ばれたって……」

雷鳴が鳴り響く。

春の嵐は、琴乃たち家族からかけがえのないものを奪い去っていった。

1　最悪で、最高の出会い

「明日、退院できるって。お祖母ちゃん、おめでとう」

長い黒髪をさらりと背中に流し、琴乃はウキウキと弾んだ声で祖母の脚を揉《も》んでいた。

すっかり細く萎《な》えた脚は、皺だらけで冷たい。昔からあまり丈夫な人ではなかったけれども、この二年ほどでますます生気が衰えてしまった気がする。

ベッドの周りを取り囲むカーテンからは、柔らかな午後の日差しが透過していた。時刻は十四時。

清潔な病院の布団に包まる祖母は、入院前と比べて一回り小さくなって見えた。

「……家に帰ってもねぇ……これじゃあ琴乃ちゃんたちのお荷物になるだけだよ」

「何言っているの？　お祖母ちゃんが帰ってきてくれないと、私も春馬も寂しいよ。春馬なんて、家のあちこちに手摺《てすり》をつけて待っているんだからね」

ままならない身体に弱気になったのか、祖母が悲しげに微笑んだ。優しい彼女は、何よりも孫たちの負担になることを恐れている。

「いてくれるだけでいいの。——これ以上、家族が減るのは嫌だよ……」

ぽつりと漏らしてしまってから、琴乃は慌てて笑みを取り繕《つくろ》った。これは伊川《いがわ》家のタブーなのに。どうやら琴乃にとっても祖母不在の生活は心を弱らせるものであったらしい。つい本音をこぼしてしまい、咳払いをしてごまかした。

「とにかく！　お祖母ちゃんは元気になって帰ってきてくれればいいの。これからは体調が悪いと思ったらすぐ教えてね。黙って我慢して悪化させたら許さないから」

風邪気味なのを隠して肺炎手前まで拗《こじ》らせた祖母にお灸《きゅう》を据《す》える。しおらしく孫に謝る彼女の痩《や》せたふくらはぎを琴乃が撫《な》でていると、目の前のカーテンがシャッと引かれた。

「そうだよ、祖母ちゃん。一日も早く元気になって、また煮物作ってよ」

長身を屈め、小さな椅子に腰かけたのは弟の春馬だった。長い脚を折り曲げ、いかにも狭苦しそうにしている。

「トイレのついでにお茶買ってきた。二人とも飲む？」

「あんたねぇ……お祖母ちゃんをこき使おうとしないでよ。煮物くらい私が作ってあげているでしょう？」

「だって姉さんが作るのは、減塩だなんだで味が薄いんだもん。俺、祖母ちゃんが作る甘じょっぱい味が好き」

琴乃が眉間に皺を寄せると、春馬は口を尖《とが》らせた。もう二十一歳にもなる成人男性だが、そんな子供じみた仕草も違和感なく見えてしまうのは、整った可愛らしい顔立ちのせいだろうか。

体格的には世間の平均より長身で、手足も長く、長年続けてきたスポーツのおかげで実は筋肉質なのだけれど。

琴乃は、図体ばかり立派になった弟を睨《にら》みつけ、祖母に泣きついた。

「お祖母ちゃん、ひどいと思わない？　私は家族の健康に気を使っているのに、この言い草！」

「そうかい、そうかい。春馬ちゃんは祖母ちゃんの料理が好きかい」

しかし祖母は琴乃のボヤキには反応せず、満面の笑みで弟に頷《うなず》いている。先ほどまでの消沈した様子はどこへやら。とても嬉しそうに顔を綻《ほころ》ばせていた。

しかも、いい年の男にちゃんづけである。この点からだけでも、姉弟の勝敗はハッキリしていた。

「じゃあ頑張って台所に立てるようにならないとね」

ニコニコと笑い、自分よりもずっと大きな男の頭を撫でてやっている祖母にとっては、春馬はいつまでたっても可愛い孫なのだろう。お祖母ちゃん子の彼も、眼を細めてされるがままになっている。百八十五センチを優に超えているくせに。

「まったくもう……お祖母ちゃん、あんまり春馬を甘やかしちゃ駄目だよ？　お茶、飲まないなら冷蔵庫に入れておくね」

　春馬が買ってきたペットボトルの一本をしまい、琴乃は立ち上がった。

「それじゃ、私は帰るね。春馬はどうする？」

「俺は大学に戻って、午後の練習に加わるよ」

「ああ、もうすぐ試合だものね」

　大学の陸上部に所属する彼は、なかなか有望な選手らしい。たぶん、今日も本当なら朝からみっちり練習の予定だったのかもしれない。しかし、祖母の見舞いを優先してくれる優しい性格なのだ。

　孫二人の帰宅に祖母は少し寂しそうな顔をした。いち早く気がついた琴乃は、そっと口角をあげる。

「明日になれば、また三人で暮らせるから」

「ちゃんと俺が迎えに来るよ」

　遅れて気がついた春馬も言い募る。

「そうだね。気をつけて帰るんだよ」

　名《な》残《ごり》惜しそうな祖母に背を向け、琴乃と春馬は病室を後にした。

真っ白な廊下は、微かに消毒薬の香りがしている。琴乃はそれが苦手だ。どうしても、二年前の出来事を思い出して胸が苦しくなる。ここはあの時とは違う病院だと理解していても、気を緩めると当時の混乱がよみがえってくるからだ。

「――姉さん、大丈夫？」

暗い思考に囚われそうになった琴乃は、春馬の声にはっと顔をあげた。どうやらぼんやりして、曲がるべき角をまっすぐ進もうとしていたらしい。

「あ……ごめんなさい。ちょっと間違えちゃった」

「……うん」

たぶん、弟も分かっている。だがあえて聞いてこない優しさに甘え、琴乃は曖昧《あいまい》にはぐらかした。

まだたった二年。されど二年。心の痛みを忘れるには程遠く、とは言え日常生活を送れる程度には心の整理をつけられた。しかし、傷が癒えたわけではない。今でも、抉《えぐ》られた心の傷はかさぶたさえできないまま鮮血を流し続けている。

琴乃と春馬の両親は二年前交通事故で命を落とし、以来父方の祖母と三人の生活だった。遠縁ばかりの親類とは疎遠になり、ひっそり身を寄せ合って暮らしてきたのだ。だからこそ、家族を失うということは琴乃にとって一番の恐怖だった。病院は、永遠の別れの象徴のように感じてしまう。

「……明日の退院祝いはご馳走にするね。私も定時に帰れるようにはするけど、お祖母ちゃんの退院手続き、よろしく頼むわ。任せてごめん」

「何言っているの。姉さんは働いているんだから、自由に動ける学生の俺がするのが当然でしょう。むしろ色々任せっきりにしているのはこっちだし……」

申し訳なさそうに眉尻を下げた彼の顔を見上げ、琴乃は温かな気持ちになる。優しいいい男に育った春馬は、自慢の弟だ。祖母にとってだけでなく、琴乃にとってもいつまでも可愛い存在だった。

大切な家族。一人も欠けてほしくない。叶うなら、ずっとこのまま。

「それじゃ、気をつけて行きなさい。怪我しないでね」

「子供じゃないんだから……あ、俺トイレ寄ってから帰る」

「え？　さっき行ったばかりでしょ？」

琴乃が怪訝な顔をすると、春馬はやや眼を泳がせた。

「お茶飲みすぎたかな」

「もう、本当に子供みたい」

微笑ましい気持ちで琴乃は言ったが、弟的には至極不満だったらしい。「子供じゃないって」と再度繰り返し、唇を尖らせながら背を向けた。

「あ、夕飯は肉がいいな」

「仕方ないなぁ。明日は、お祖母ちゃんの大好きな魚だから、今夜は我儘《わがまま》な弟の希望を聞いてあげよう。私って優しいお姉さんでしょ？」

「よく言うよ」

ぶつぶつと文句を言う春馬の後ろ姿を見送って、琴乃は最寄りのバス停へと向かった。歩き去る彼の姿に何故か違和感を覚えたけれども、本日これから行う家事の予定を組み立てていると忘れてしまう。

途中でスーパーに寄って買い物し、明日の分まで料理の下ごしらえをしてしまおう。家に帰ったら洗濯物を取りこんで掃除の続きだ。やることは沢山ある。

琴乃はごく普通の会社に事務員として勤めているため、週末の休みにどうしても家事が溜まってしまう。春馬も手伝ってはくれているが、祖母の入院が重なり、手が回りきらないのが実情だった。ましてここ最近雨が続いていたせいで、洗濯が滞っている。

――やっぱりもう一度洗濯機を回そう。

琴乃が頭の中で家事の段取りを考えていると、バス停に辿《たど》り着いていた。既に数人並んでいる。そう待つこともなく次のバスがやってきそうだと安堵《あんど》し、琴乃は最後尾についた。

すると――

「だから、結婚するつもりはないと再三言っているでしょう」

至極冷静な、それでいて怒りを押し殺したような男の声を、耳が拾った。何の気なしに眼をやれば、一人の男性がビルの壁際に立っている。

サラサラの黒髪に、切れ長の瞳。涼しげな眼元は理知的で、細いフレームの眼鏡がよく似合っている。スッと通った鼻梁に形のいい薄い唇。色の白い顔は細面で、きめ細かな肌が離れていても分かった。

均整の取れた長い手足と、細く引き締まった体躯《たいく》。弟の春馬とはまた違う男性的な魅力に、琴乃は惹きつけられていた。

——すごく綺麗な人。なるほど、こういう人をイケメンと呼ぶのか……

ある事情から男性に苦手意識を持つ琴乃でさえ、文句なしに美形だと感嘆してしまった。きっと十人いれば、九人は見惚《みほ》れてしまうはずだ。残る一人はパートナーがよほど嫉妬《しっと》深いか、特殊な趣味かのどちらかだろう。

実際、バス停に並ぶ人々や通行人が、何人も彼に注目していた。

「——いい加減にしてください。あまりしつこいと怒りますよ」

落ち着き払った物言いで、瞳には険がある。おそらく相当苛《いら》立《だ》っているのだろう。理性と自制心で抑えているのか、軽く地面を叩いた靴の爪先だけが、彼の感情を雄弁に物語っていた。

「結婚なんて、無意味です。何の得もない。たかだか社会的信用のために、生活を変え不自由な思いをするつもりはありません。もう切りますよ。二度と休日にくだらない電話をしてこないでください」

いっそ清々《すがすが》しいほど辛辣《しんらつ》に『結婚』を切り捨てた男は、優雅な所作でスマホをしまった。そんな何気ない仕草まで、とても絵になる。全体的に、品のよさが感じられるのだ。

勿論、琴乃にとっては見知らぬ人だけれど、袖口から覗く腕時計は控《ひか》えめに見積もっても車一台買えてしまいそうな品だし、身に着けている服も派手ではないが高級品だと一目で分かる。

つまり、セレブなのだろう。

とは言え、甘やかされたボンボンというふうでもないから、実業家とか弁護士とか高給を見こめる実力勝負の職に就いているのでは、と琴乃は勝手に妄想を巡らせてみる。バスが来るまでの暇潰しだ。

――いいなぁ。お金の苦労、なさそう。

当然、その地位に就くまでには大変な努力をし、苦渋も舐《な》めたと思うけれど、正直羨《うらや》ましいと思った。普段は他人を羨むことなどしない琴乃だが、少々懐に不安がある今月は、羨望《せんぼう》の眼差しを抑えられない。

予定外の祖母の入院と、家のリフォーム。纏《まと》まったお金が確実に出てゆく。

預金が全くないわけではない。しかし、潤沢《じゅんたく》とも言えない経済状況だ。

春馬の学費はあと二年かかるし、祖母の今後のために貯金もしておきたい。現在伊川家の働き手は琴乃一人。祖母は年金受給者だ。春馬もアルバイトをすると言ってくれるが、それは断っている。せっかくなら好きな陸上に打ちこんで、大学生活を楽しんでほしい。だから琴乃と春馬、二人とも希望する大学を卒業させることは、両親の願いでもあった。だからこれは絶対に譲れない。

幸い、父と母が残してくれたもののおかげで、生活は困窮《こんきゅう》していないけれど——余裕もないのが事実だった。

本当なら、琴乃だって明日の仕事を休んで祖母の退院手続きに行きたいのだ。そして万全の態勢で迎え入れたい。だが有給休暇は既に使い果たしているし、欠勤すれば、給与や査定に響く。それは避けたい。故に、今日中にできる限りのことをしておかなければ。

——それにしても、こんなに見てくれがよくてお金持ちなら、女性が放っておかないだろうに……むしろ嫌気がさして、結婚願望が薄いのかな……

琴乃は無意識のうちに男性へ値踏みするような視線を向けてしまった。

己のことは棚にあげて、『まだ若いのに独身主義なんて、勿体《もったい》ないなぁ』などと考える。自分だって、誰かと結婚するなんて人生設計に組みこんではいないにもかかわらず。

——私は……一生独り身だろうな……お祖母ちゃんと春馬以外、他人と一緒に暮らせるなんてとても思えない……

まして異性となんて、想像しただけでゾッとした。

琴乃が空想に耽《ふけ》っていると、男性が不意に顔をあげ、ばっちりと眼が合う。成り行きとは言え、盗み見と盗み聞きしてしまった気まずさから、琴乃は慌てて眼を逸《そ》らした。強引に変えたその視線の先――バスが来る大通りにはいつも沢山の車が行き交っている。見通しがよく広いせいか、速度を出してしまう車も多い。

そこへ、違和感を覚える影が動いていた。

初めは何だろうと疑問を持っただけだ。しかし正体を察した瞬間、琴乃の全身から血の気が引いた。

――子供が……！

道の向こう側から、まだ二歳程度と思われる幼児が、ボールを追いおぼつかない足取りで車道を横断しようとしている。保護者らしき人は背中を向けて立ち話に夢中。しかも最悪なことに、路上駐車をしている車と車の間から飛び出そうとしているのだ。

あれでは、運転手には見えない。左から大きなトラックが近づいてくる。琴乃の他には、まだ誰も気がついていない。

子供とトラックの距離は、瞬く間に縮まる。

「駄目ーっ！」

考えるよりも先に、身体は動いていた。

クラクションが鳴り響き、激しいブレーキ音がアスファルトを切りつける。

路上に躍り出た琴乃は、一直線に子供へ駆け寄った。巨大なトラックが突っこんできて、運転手の強張った表情まで見えたと思ったのは、勘違いかもしれない。

恐怖で眼を閉じ、両手で子供を抱えてそのまま転がる。誰かの悲鳴や怒号が聞こえた気もした。

一瞬の静寂。

何も、感じない。痛みも、温度も。

ただ全身が心臓になったかのように脈打っている。

やがて琴乃の腕の中のものが動き出し、火がついたように泣き出した。

「うわぁぁんっ、ママぁ！」

幼子が暴れ出したのと同時に、五感が戻ってくる。琴乃は、自分の鼓動が未だかつてない速度で暴れていることを知った。

「翼《つばさ》！」

母親らしき女性が蒼白《そうはく》の顔で走り寄ってきて、琴乃から奪うように子供を抱きしめた。寸でのところで事故を回避したトラックから運転手が降り、声を張り上げる。

「あっ、危ないだろう！　怪我はないか!?」

語気荒く言いながらも、彼もまた真っ青になっていた。それはそうだろう。危うく、人二人を轢《ひ》き殺しかけたのだ。しかもまさか飛び出してくるとは想定していなかった場所で。

男が立腹するのは当然だった。

「子供の手ぐらい繋いでおけよ！」

「すいません！　ごめんなさい！」

母親は涙でぐちゃぐちゃになった顔を何度も下げた。そしてようやく琴乃の存在に思い至ったのか、こちらにも深々と頭を下げる。

「ありがとうございます。何とお礼を言えばいいのか……」

「あ、いいえ……」

無我夢中だったので、まだ上手く頭が回らない。琴乃は半ば呆然としたまま母親と子供を見返していた。とにかく無事であったことだけが分かり、心の底から安堵する。

正直なところ、彼女が言っていたことはほとんど耳に入らなかった。とりあえず実害も出なかったので警察に届けることはやめたらしい。トラックの運転手も納得したのか、配送の途中だからと走り去っていった。集まっていたやじ馬も、三々五々散ってゆく。

——あの子が無事でよかった……

琴乃は未だ歩き出す気力が湧かず、しばらくその場に突っ立っていた。座りこみはしなかったけれど、ある意味腰が抜けていたのかもしれない。傍らの塀に寄りかかって、ほっと息を吐いた。

事故は、嫌だ。

どんな別れでも悲しく辛いけれど、突然の別離は心の準備ができない分、特に胸を抉る気がする。まして先に逝くのが幼い子供だなんて、考えただけで恐ろしい。

小刻みに震える拳《こぶし》を握り締め、今度こそ琴乃は歩き出そうと両脚に力をこめた。予定していたバスには乗り遅れてしまったけれど、早く家に帰って家事をしなければ。

「――君、ちゃんと治療費とか請求した？　まさか連絡先も聞かなかったとか言わないだろうな？」

その時、真正面に立つ人影に初めて気がついた。

革の紐靴に黒い細身のパンツ。長い脚を辿って視線をあげれば、カジュアルで着心地のよさそうなジャケットが眼に入った。軽く捲《まく》られた手首には、高価そうな時計。首元には緩く巻いたストール。インナーはカットソー。

とてもお洒落《しゃれ》でかつ、品がいい。

更に琴乃が顔をあげると、驚くほど秀麗な顔貌がこちらを見据えていた。先ほど、電話で静かに怒っていた男だ。

「えっ……」

「あちこち擦り傷ができているし、どこか捻《ひね》ったり打撲《だぼく》していたりしてもおかしくないだろう。最悪頭を打っているかもしれない。なのに何で、あの親に責任を取らせないんだ」

電話で話していた丁寧な言葉遣いとはあまりにも違うぞんざいな口の利き方に驚いて、

琴乃はただ瞬きを繰り返した。冷静そのものだった彼の表情は、忌々《いまいま》しげに歪《ゆが》められている。

どうやら、腹を立てているらしい。それも、何故か琴乃に対して。

「え、あの、その」

「自己犠牲精神？　いいように使い捨てられたも同然じゃないか。口先だけの感謝で済むなら、あの母親は学習も反省もしないぞ。他人事ながら、お人好しも過ぎると腹立たしいな。それとも馬鹿なのか？」

吐き捨てるように言われ、驚愕《きょうがく》で機能停止していた琴乃の頭が働き出した。

確かに無謀な真似をした自覚はあるし、連絡先の交換もしなかったのは事実だ。しかしここまで悪しざまに罵《ののし》られる謂《いわ》れはない。

「あ、貴方に関係ないと思いますけどっ……」

「そうだな、全く関係ない。むしろ関わり合いたくない」

小馬鹿にしたように顎をそびやかされ、琴乃は屈辱に唇を噛み締めた。まさかこの人、嫌みを言うためだけに残ったのかと頭が痛くなる。せっかく見てくれは極上なのに、中身は最悪だ。これ以上会話するのは無駄と判じ、琴乃は勢いよく一歩を踏み出した。

「痛っ……」

刹那《せつな》、痛みに襲われ、動けなくなる。

驚いて見下ろせば、スカートから覗く膝頭に痛々しい擦り傷ができていた。他にも、あちこち打ち身のような鈍痛がある。足首は、捻挫《ねんざ》したかもしれない。

「言わんこっちゃない。直後は気がつかなくても、後から後遺症が出てくる可能性もあるぞ」

「だ、大丈夫です」

全くもって大丈夫ではなかったが、さも平気な振りをして琴乃は男性の横を擦り抜けた。足を一歩前に踏み出すごとに、脳天へ突き抜けるような激痛が走る。

これはまずい。とてもバスに乗って家に帰れる自信がない。ましてスーパーで買い物をする余力があるかどうか。

「……っ、う」

どれだけ我慢しても上手く踏ん張れずに脚から力が抜け、よろめいた琴乃の腕を彼が摑んだ。瞬間、琴乃の全身が大仰に強張る。

傍らに感じる男性の身体。女性とは違う、硬く大きな……

僅《わず》かに片眉をあげた彼は、気がついたはずだ。しかし特に問いただすこともなく、自然な仕草で手を離してくれた。

そこには一切よこしまな感情は滲《にじ》んでいない。粘りつく視線もなければ、無意味なボディタッチもなかった。

琴乃は、華奢《きやしや》な体型と長い黒髪を背中に垂らし色白で清楚《せいそ》な顔立ちのせいか、日ごろから異性に言い寄られやすい。それも御《ぎよ》しやすしと侮《あなど》られるのか、面倒な男に迫られることも少なくなかった。痴漢に遭遇することも、しばしばだ。これまで散々嫌な思いをしてきた。

けれど眼の前の男性は、欠片《かけら》ほどにもそんな素振りは見せず、あくまでも善意で転びそうになった琴乃を支えてくれたらしい。性的な興味を微塵《みじん》も感じさせない態度は好ましく、琴乃は僅かに警戒心を解いた。

「応急処置をしてやる。あの薬局で消毒薬とか適当に買ってくるから公園で待っていろ」

指し示されたのは、小さな公園。ブランコと滑り台があるだけで、遊んでいる子供の姿はなく、閑散としている。

「歩けるか？」

「え、は、はい……」

控えめに伸ばされた男の手は、琴乃を支えるべきかどうか迷い、許可を待っているらしかった。傍若無人《ぼうじやくぶじん》な態度に反して、随分紳士的だ。

不思議と毒気を抜かれ、琴乃は素直に手を貸してもらっていた。

春馬以外の異性に、自ら触れたのは何年振りだろう。緊張とは違う鼓動が、胸の奥で大きく跳ねた。

「あの、ありがとうございます……」

「別に。一応医者だから、怪我人を放置する気になれないだけだ。それに、赤の他人のガキを助けるために命懸けでトラックの前に飛びこむ奴の物好きさとは、比べものにならないだろ」

「そ、そんな言い方……でも、お医者さんだったんですか」

「整形外科医だけどな」

なるほど、彼に白衣はよく似合いそうだ。きっと患者だけでなく、看護師も熱い眼差しを注いでいることだろう。自分とは、全く世界が違う人なのだと納得する。

公園のベンチに琴乃を座らせてくれた彼は、簡単に傷や脚の状態を検分すると、軽やかに薬局へ走っていった。

――嫌な人かと思ったけれど、案外優しい人なんだ……

愛想はないし、言葉がきついが、きっと悪い人ではない。むしろ、とても親切な人柄ではないか。誤解して申し訳なかったと反省し、琴乃は緩く息を吐いた。

腕を掴まれた際には動揺してしまったけれど、その後は普通に接することができたと思う。珍しく、嫌な汗もかかずに済んだ。緊張も、さほどしていない。

――これは、男性恐怖症の症状が少しはよくなっているのかな。それとも、私に一切性的な興味を抱いていなさそうな人だから？

分からないが、触れられても嫌ではなかった。琴乃にとってあれほど接触して抵抗を感じなかった男性は、弟の春馬だけだ。

多少なりとも症状が緩和しているのなら、喜ばしい。やはり日常生活を送る上で、社会人が異性と全く関わらないなど不可能だし、叶うなら、身構えることなく常識的な関係を築けるようにはなりたい。

何も恋人が欲しいなんて贅沢《ぜいたく》は言わない。それは琴乃にはハードルが高すぎる。しかしせめて、電車やバスの中で辛い思いをしない程度、社内で苦痛を感じない程度になれたら、もう少し生きやすくなるはずだ。

両手の指を組み合わせ、下を向いていた琴乃は、人の気配を感じて顔をあげた。

「待たせたな。靴、脱がせるぞ」

ぶっきらぼうに宣言した男性が、地べたに膝をつく。仕立てのいいパンツが土に汚れることを気にする様子もなく、こちらの方が焦ってしまった。

「あの、自分でやりますから……っ、すみません。いくらお支払いすれば」

ポリ袋の中から包帯や消毒液、湿布《しっぷ》まで取り出す彼を、慌てて制止する。買いに行かせてしまっただけで申し訳ないのに、これ以上面倒はかけられない。

琴乃が恐縮して脚を引っこめれば、男にじろりと下から睨まれてしまった。

「怪我人は大人しくしていろよ。面倒をかけるな」

「ご、ごめんなさい……」

春馬とは違う、硬質な声で叱《しか》られるのはちょっと怖い。けれど不快ではなく、琴乃は促されるまま彼に脚を預けていた。

「骨はイってないと思うから、足首はテーピングで固めておこう。膝、洗うから少し痛むぞ」

言うなり、ミネラルウォーターのペットボトルまで買ってきてくれたのか、傷口に振りかけられる。公園には水道もあるのだが、錆びついた様子で清潔とは言いがたかったから気を配ってくれたのだろう。至れり尽くせりな上に手際がいい男に、琴乃は感心していた。

「今は自覚症状がなくても、後から出てくる可能性がある。必ず近くの病院で診てもらえ」

「ありがとうございます」

消毒の後きつめに包帯を巻かれ、これならどうにか家まで辿り着けそうだ。

「本当にご面倒をおかけして、申し訳ありませんでした。それで、代金はいくらでしょう？」

深々と頭を下げた琴乃は、心の底から礼を述べた。いくら医師であっても、患者でないのに治療を施してくれるなんて、本当に面倒見がいいし優しい人だ。彼の言葉を借りれば、自分こそ『お人好し』の『物好き』ではないか。

何なら診察代なり手間賃なりも支払うつもりであった琴乃は、鞄から財布を取り出した。

「いらない。感謝されるほどのこともしていないし、赤の他人のために命懸けで行動するなんて珍しいものを見せてもらった礼だ。ほら、タクシーを呼んであるからこれ持って帰れよ」

包帯やテープの残りを突っこんだポリ袋を渡され、琴乃は瞬いた。しかも、確かに公園の入り口にタクシーが停車しているのが見える。いつの間に呼んでくれたのだろう。

「いえ、でも痛み止めまで入っていますし、結構かかっていますよね。きちんとお支払いさせてください」

尚も金を受け取ってくれる気配のない男に琴乃が食い下がると、彼はつまらなそうに鼻を鳴らした。

「その程度、請求する方が面倒臭いし、女に金を支払わせるような教育は受けていない」

「え」

琴乃の常識からはかけ離れた返答に愕然としていると、あれよあれよという間にタクシーに乗せられていた。思考が追いつかないうちにバタンとドアを閉められ、ようやく意識が覚醒《かくせい》する。

「ま、待ってください。せめてお名前を……私は、伊川琴乃といいます」

ガラス越しに叫べば、気を利かせたのか運転手が窓を開けてくれた。

「――瀬野尾雅貴《せのおまさたか》」

たった一言。名前だけを口にして、彼は踵《きびす》を返した。振り返りもせず立ち去る雅貴は、後ろ姿のままひらひらと手を振る。すらりとした背中が遠ざかるのを、琴乃は呆然と見つめていた。


祖母が無事退院して五日。

琴乃が雅貴と出会った日から六日が過ぎた。脚の怪我はすっかりよくなり、今は薄くかさぶたが残るのみだ。応急手当が適切だったおかげか、結局病院へは行かずに済んだ。

土曜日のこの日、仕事は休み。琴乃は自室の姿見で後ろ姿を最終チェックしていた。

「姉さん、どっか出かけるの？」

「春馬」

開いていた部屋のドアを礼儀正しくノックして、弟が声をかけてくる。

「うん、この前話したでしょう？　怪我の手当てをしてくれたお医者さんに、お礼を言いに行こうと思って」

「ああ……タクシー代まで払ってくれた、奇特な人だっけ」

立ったままおにぎりを頬張《ほおば》る行儀の悪さを視線で叱るが、まるで堪えた様子のない弟は残りを一口で平らげてしまった。

「もう……ちゃんと座って食べなさい」

「はいはい。それにしても今どき、見ず知らずの人間に対して随分羽振りがいい話だよね」

琴乃よりも頭二つ分は大きな春馬はペロリと指を舐めている。まったく、少しはしっかりしてきたと思ったが、やはりまだ子供だ。

「本当にね……好意はありがたいけど、流石《さすが》にタクシー代くらいはお返ししないと。あと春馬、はいは一回でしょ」

あの日、自宅に到着した琴乃は、当然ながら乗車料金を払おうとした。しかし、運転手に断られてしまったのだ。曰く『後で瀬野尾様に請求するよう言付かっています』とのことだった。

どういうことかと問いただす琴乃に返されたのは、驚くべき事実だ。

『あの方は、瀬野尾整形外科クリニックの跡取り息子さんで、上得意様なんです。よく私を指名していただくんですよ。いつもは仕事終わりに呼ばれることが多いのに、今回は休日でしかも公園に来てくれと言われるし、女性のお客様だから驚きましたよ』

と告げられ、琴乃は眼を白黒させてしまった。

瀬野尾整形外科クリニックといえば、かなり大きな個人病院だ。名の知れたスポーツ選手が通うことで有名だし、充実したリハビリ施設があり腕の確かな医師が在籍しているらしい。遠方からも患者が押し寄せ、手術は何か月も予約待ちと聞いたことがある。その上、一族が皆医師の家系で、整形外科だけでなく『瀬野尾』の名がつく病院や薬局は他にも多数ある。

——本物の、お金持ちだったということね……でも、だからって甘えていいちゃ悪いもの。とりあえず、件の男性がどこの誰かは知れたので、会社が休みの今日、琴乃は雅貴に会いに行くつもりだった。タクシーの運転手には、結局料金を受け取ってもらえなかったからだ。『瀬野尾様のご指示を破るわけにはいきません。ご機嫌を損ねれば、指名してもらえなくなってしまいます』と泣きそうな勢いで言われては、無理強いはできない。仕方なく次の休みを待つしかなかった。

「——どんな理由にしろ、姉さんが自分から男に会いに行くなんて初めてだね」

若干憮然《ぶぜん》とした様子で春馬が横を向く。その時、彼はひょこりと右足を引き摺《ず》るような素振りを見せた。

「……？　どうしたの？　部活の練習で痛めたの？」

陸上の練習は大会に向け厳しくなっていると彼は語っていた。琴乃は心配になり、春馬を見上げる。

「別に、どうってことない」

「でも……あ、瀬野尾さんにいただいた湿布がまだ残っているから、使ってみたら？　それとも病院に行く？　悪化したら、大変だもの」

スポーツを志す者にとって身体は資本だ。急に不安になり、琴乃は弟に一歩近づいた。するとその分だけ後ろに下がられてしまう。

「何でもないって。ブラコンだな、姉さんは」

「生意気になっちゃって……昔はお姉ちゃんお姉ちゃんってずっと私に纏わりついていたくせに。どちらかと言えば、春馬の方がシスコンじゃない」

「いつの話だよ。早く行けば。本当に何でもないから、気にしないで。それよりいつまでも子供扱いしやがって……」

恥ずかしげに頬を染める春馬に溜飲を下げ、琴乃はひとまず階段を降りた。

「お祖母ちゃん、私ちょっと出かけてくるね。帰りに何か欲しいものはある？」

「何もないよ、気をつけて行っておいで。デートかい？　だったらもっと可愛い格好の方がよくないかい？」

「やだ、デートなんかじゃないよ」

かなり元気になった祖母は、玄関まで見送りに出てきてくれた。今では手摺があれば問題なく家の中を移動できるようになっている。もう少しすれば外出も可能だろう。

「恋人なんて、いないもの」

「そうなのかい？　琴乃ちゃんはせっかく美人なのに、勿体ないねぇ」

孫の心配をしてくれるのはありがたいが、理由を説明する気がない琴乃は祖母の言葉を曖昧に笑顔でごまかす。優しく身体の弱い彼女に余計な負担はかけたくない。

琴乃は大きく息を吸い、未だ二階にいる春馬へ声をかけた。

「それじゃ、行ってくるから」

「はいはい、気をつけて」

「はいは一回でしょ！」

いつも通りのやり取り。何気ない日常。大切な時間に琴乃は眼を細めた。

壊れてほしくない優しい世界——だがいつも綺麗なものほど簡単に砕けてしまうことを、琴乃は忘れていた。

「……え？」

階段を降りようとしていた春馬の顔が歪む。がくりとバランスを崩した先は——

「春馬！」

激しい物音を立てて、大柄な身体が階段を転げ落ちた。

琴乃は履きかけていたパンプスを脱ぎ捨てて、途中でどうにか止まった弟に駆け寄る。

脚を庇《かば》う彼の額には脂汗が滲んでいた。

「春馬！　どうしたの、大丈夫!?」

どうして人はこんな時、明らかに平気ではない人に向け『大丈夫』かと問いかけてしまうのだろう。たぶん他に、気の利いた言葉が思い浮かばないからだ。琴乃も、頭の中が真っ白になっていた。

「琴乃ちゃん、揺すっちゃ駄目だよ。頭を打っているかもしれない。今、祖母ちゃんが救急車を呼ぶから……」

蒼白になった祖母がそれでも冷静に行動しようとする。廊下に置かれた電話へ向かう祖母を引き留めたのは、春馬本人だった。

「痛ってぇ……でも大げさ。頭は庇ったから打ってないよ」

「そんなの調べてみなければ分からないじゃない！」

半ば切れ気味に琴乃が言うと、彼は妙に大人びた顔をした。

「へぇ……本気で心配してくれるんだ」

「当たり前じゃない。大切な弟なんだから！」

「……そっか」

どこか残念そうな物言いは無視して、琴乃はどうにか春馬を立ち上がらせた。長身の彼を抱えることはできず、自力で歩いてもらうしかない。幸い打ち身以外はたいした怪我もしなかったようで、茶の間に移動させることに成功した。

「……本当に救急車は呼ばなくていいの？」

「やめてよ。ちょっと足を滑らせただけなんだから」

冗談めかして言う春馬は、やや顔色は悪いが耐えきれないほどの激痛に苛《さいな》まれているわけではないらしい。しかし彼をおいて外出する気にはなれず、琴乃は斜めがけしたままだった鞄を下ろした。

「足を滑らせたって言うけど、その前に様子がおかしかったじゃない。本当はどこか痛むんじゃないの？」

先ほど引き摺る素振りを見せた右足に注目する。すると春馬はふにゃりと笑った。——こういう表情を弟がする時は、要注意だ。たぶん、何かを隠している。姉としての経験上、琴乃はよく知っていた。

「考えすぎ。本当、平気だから」

「……琴乃ちゃん、実はここ数日春馬ちゃんは部活の練習に参加してないんだよ」

「祖母ちゃん！」

案の定、琴乃が知らない秘密があったらしい。

こっそりと進言する祖母を、春馬は険しい顔で振り返った。

「姉さんには言わないって約束したじゃないか！」

「ごめんよ、春馬ちゃん。でも祖母ちゃんだって心配なんだよ」

眉尻を下げた祖母にそれ以上文句を言えなかったのか、彼は悔しげに下を向いた。

「……どういうこと。その様子だと部活が嫌になったとかではないわよね。私、聞いてない」

「……言ってねぇもん」

それだけ言って、口を噤《つぐ》む。だが重苦しい沈黙に先に音を上げたのは、春馬の方だった。

「――……二か月くらい前から右膝が痛くて、この一週間ほどは練習を休ませてもらっている」

「二か月……!? どうしてもっと早く教えてくれないのよ？」

忙しさにかまけて全然気がつかなかった自分にも腹が立つ。家族の中で仲間外れにされた心地もして、琴乃は苛立ちが募った。

「……言えば、姉さんが気にすると思ったから」

「そりゃ心配するに決まって……」

言いかけ、琴乃はハッとした。もしかしたら、言えなかったのではないか。

普通の怪我なら、おそらく春馬は話してくれたはず。いくら祖母の入院などでバタバタしていたとしても、秘密にするほどのことではない。けれど、口を噤んだ。その理由は――

「……まさか……あの時の怪我のせい……？」

「違う！　あれは左足だったじゃないか」

焦って否定する彼の取り乱し方が、答えそのものだった。下手に言い訳を重ねられるより、雄弁に琴乃へ事実が伝わってしまう。

「完治していなかったの……？」

「治っていたよ。だからほら、左は何ともないだろう？」

大げさに左足を曲げたり伸ばしたりする春馬の右膝へ、琴乃は触れた。すると彼は、低く呻いて眉間に皺を寄せ固まる。

思い返してみれば、先日祖母の見舞いに行った際にも奇妙な気はしたのだ。あの時は違和感の正体が分からなかったけれど、今なら思い至る。

琴乃は、春馬の歩き方に引っかかるものを感じたのだ。頻繁にトイレに行こうとしていたのも、足の痛みを隠すためではなかったのか。

「ねぇ、琴乃ちゃん。祖母ちゃんもあちこち痛めるから分かるけど、どこか庇って生活していると、何でもなかったところに影響が出たりするんだよ。春馬ちゃん、昔怪我した左足を庇っていたせいで逆側を痛めてしまったんじゃないかい？」

春馬がぐっと息を詰まらせる。それは、返事をしたのも同然だった。

「そんな……どうして言ってくれなかったの……っ？」

彼を責めている場合ではないのは承知していたが、不安と気がつくことができなかった己の不甲斐なさ、そして罪悪感が琴乃の声を尖らせていた。

祖母の指摘が当たっているなら、全て琴乃のせいだからだ。何もかも、元凶は自分。あの時も、今も。

「姉さんのせいじゃない！」

七年前も春馬はそう言ってくれた。責任を感じる必要はないと、幼さの残る細い腕でぎこちなく慰めてくれた。まだ十四歳の少年にとって、打ちこんでいたスポーツの道が絶たれるかもしれない大怪我は、辛かったはずなのに。

「……ちゃんと病院には行っているの……？」

「……一度診てもらったけど、それっきり」

優しい弟なのだ。残酷なほど。自分の身体のことよりも、琴乃にばれてどう感じるかの方を優先したのだろう。

じわりと滲んだ涙で視界が歪んだ。

「もう……っ、馬鹿。今すぐ行くよっ。大原整骨院《おおはらせいこついん》？」

祖母も世話になっている近所の病院の名前をあげると、春馬は観念したのか大人しく頷いた。あそこなら、土曜日も午前中なら開いている。琴乃は保険証や診察券を準備して、祖母に留守番を頼んだ。

「お祖母ちゃん、私、春馬を連れて行ってくる」

「気をつけて行ってくるんだよ」

「一人で行けるって。姉さん、出かける用事があるんだろ」

抗議する春馬を半ば強引に立たせ、琴乃は下から睨み上げた。

「瀬野尾さんへのお礼なら、貴方の診察が終わってからでも行けるもの。それより、私は春馬が心配なの」

真剣に言えば、妙なことに耳を赤く染めた弟が瞳を逸らす。

「……分かったよ」

この期《ご》に及んで姉に付き添われるのを恥ずかしがっている場合かとやや腹が立ったが、素直に春馬が動き出したので、琴乃は黙っておいた。

そうして連れ立って大原整骨院に行き、くだされた診断は――

「膝前十字靭帯損傷《ひざぜんじゅうじじんたいそんしょう》……？」

「昔痛めた左膝を庇い無理をしたのが原因です。それも、だいぶ長い間放置していましたね。半月板や軟骨も傷ついていますよ。相当痛みがあったと思いますが、何故もっと早く来なかったのですか」

初老の医師に叱られて、春馬が「すみません」と頭を下げる。隣に座った琴乃は、張りついた舌を無理やり動かした。

「あの、この子陸上を……ハードルをやっているのですが、もうすぐ大会があって……」

「残念ながら、無理です。手術するにしても、すぐというわけにはいきません。症状が安定するまで待って、術後はリハビリがあります。仮に競技に復帰できたとしても、半年前後かかると思ってください」

「そんな……」

当の怪我人である春馬より、姉である琴乃の方がショックは大きかった。あまりの衝撃に、すぐには医師の言葉が理解できなかったほどだ。何度も頭の中で反芻《はんすう》し、やっと浸透してきたのは、あまりにも厳しい現実だった。

――また、私のせいで。

春馬から大切なものを奪ってしまうのはこれで二度目。一度目は彼が中学二年生の時。それまで大きな病気も怪我もしてこなかった彼の健康な身体に、大きな傷を負わせてしまった。住み慣れた家を離れ、築き上げてきた友人関係を断ち切らせ、希望していた高校への進学も諦《あきら》めさせた。

あの頃は健在だった両親も「琴乃のせいではない」と何度も言ってくれたけれど、罪悪感を完全に払拭《ふっしょく》することなど不可能だったのだ。

――だって原因は、全部私を守ろうとしたからだもの……

「――姉さんは、何も悪くないからね」

俯いていた琴乃は、膝の上で固く握っていた拳をそっと包まれた。大きな手を視線で辿れば、隣から優しい眼差しでこちらを見つめる春馬の双眸とぶつかる。

言葉よりも雄弁に、その瞳は琴乃を慰めてくれていた。

「勝手に責任を感じないでよ。俺が治療をサボっただけなんだから」

「春馬、ごめん――」

「謝ったら、許さない。むしろ心配かけたこっちが謝罪するべきでしょ。姉さんは、昔のことなんて早く全部忘れちゃいなよ」

おどけた言い方で場の空気を変えようとしてくれている弟の気持ちを汲《く》んで、琴乃はぐっと言葉を呑んだ。今、頭を下げても、きっと自己満足でしかない。だったら大事なのは、今後どうすべきかを話し合うことだった。

これからの具体的な治療方法や予定を医師から説明され、事務手続きを行う。琴乃としては一日でも早く手術をしてほしかったが、そうもいかないらしい。だがサインを求められた書類を前にして、春馬の手が止まった。

「――手術は、しません」

「え⁉」

声をあげたのは、医師と琴乃が同時だった。

「何を言っているの？」

心底意味が分からず、首を傾《かし》げる。詰問口調になってしまったのは、仕方がない。医師は緩く首を振りながら呆れた声を出した。

「日常生活は安静にしていれば過ごせるかもしれませんが、ここまで悪化しては自然治癒を望めませんよ。それに、スポーツをなさっているのなら――」

「普通に暮らせる程度回復できれば、問題ありません。痛いくらい我慢できますし」

さも当然、とばかりに春馬は書類を遠ざけた。あまつさえ椅子から立ち上がりそうな気配に、琴乃の方が慌ててしまう。

「ま、待って春馬。大会はどうするのよ？　今年は無理でも、来年大学最後の大会には間に合うじゃない」

「別に、部活はやめれば済む話だ」

「どうして……？　あんなに一生懸命練習していたし、貴方昔から陸上が大好きだったじゃないの……」

呆然とする琴乃と、飄々《ひょうひょう》とした春馬の顔を見比べ、医師が割って入る。

「失礼ですが、高齢の患者さんならば手術をしないという選択肢を選ぶ方もいらっしゃいますが、伊川さんはまだ二十代ですよね？　長い目で見れば、今きちんと治しておいた方がいいと思いますよ」

無理強いはしませんが、と続けた医師を正面から見据えた春馬は、ぺこりと頭を下げた。

「ありがとうございます。でも、このままでいいんです」

「ちょっと、春馬……！」

今度こそ本当に診察室を出ていってしまった彼を、琴乃は医師に一礼してから追いかけた。

ささっと受付のベンチに座ってしまった春馬の隣に座り、捲し立てる。

「何を考えているのよ？　どう考えても、放置していいことなんてないでしょう？　後々歩けなくなったりしたら、どうするの」

「激しい運動をしなければ、騙《だま》し騙し何とかなる」

頑《かたく》なに手術を拒む彼の気持ちが分からない。混乱した琴乃は春馬の腕を掴んで揺さぶった。

「何か気に入らないことや不安があるの？　他の病院にも行ってみる？　もしかしたら違う治療法があるかもしれないし……」

ひょっとして治療方針に疑問があったのかもしれないと考え、小声で問いただす。大きな病院であれば、もっと日数がかからず身体への負担が少ない方法を提案してくれる可能性もある。

「違うよ、そうじゃなくて……」

「じゃあどうしてよ」

納得のできる答えを聞くまで絶対に引かないという気迫で琴乃が食い下がれば、春馬は深々とした溜め息を吐いた。

「……だって金……かかるじゃん」

「え？」

想定外の言葉に、間が抜けた反応をしてしまった。

どう返せばいいのか分からず琴乃が黙って春馬を凝視していると、彼は気まずげに瞼《まぶた》を伏せた。

「祖母ちゃんのことでこれからも物入りだし、ただでさえ俺だけのうのうと大学に通わせてもらっているのに、これ以上迷惑かけたくない」

「迷惑って……それは、春馬の権利でしょう？　お父さんが貴方にちゃんと学校を出てもらいたいと思って、残してくれたお金があるんだから」

本気で彼の言わんとすることが理解できず、戸惑ってしまう。それとこれとは話が別ではないのか。

琴乃は大きく息を吸い、何はともあれ早急に手術を受けさせるために説得を試みる。確かに金銭的な余裕はないが、春馬の身体の方がずっと大事だ。比べられるはずもない。

「余計なことは考えなくても大丈夫。保険があるし、高額療養費の申請をすれば――」

「……手術はそれで賄《まかな》えても、リハビリだって金がかかる。しかも半年だなんて……父さんが残してくれたものは、姉さんのものだろ」

ぽつりと漏らされた彼の一言に、琴乃は凍りついた。短い言葉にこめられた色々な意味に、気がついてしまったからだ。

「……何が、言いたいの」

低い声が、琴乃の唇から漏れる。春馬は睫毛《まつげ》を震わせて、小さく呟《つぶや》いた。

「俺は、母さんの連れ子だから」

その返事に、琴乃は全身の血が沸騰するかと思った。怒りで頭の中が真っ白になる。

「そんなこと、今は関係ないでしょう……!?」

琴乃の父と春馬の母が再婚したのは、二人が七歳と四歳の時だった。以来、仲のいい家族として暮らしてきたのだ。それなのに突然線引きをするかのような弟の言葉には苛立ちしか湧かない。

琴乃は亡くなった義母のことを本当の母親だと思っていたし、春馬もずっと大切な弟だと思ってきた。祖母だって春馬と血は繋がっていないけれど、孫として彼を慈しんでいる。

そういった全部を――否定された心地がした。

「関係あるよ。とにかく俺は手術を受けるつもりはないから」

「ちょっと、春馬……！」

琴乃の手を振り払い、彼は病院のエントランスに向かってしまう。追いかけかけて、まだ支払いが済んでいないことを思い出し、琴乃は足を止めた。

自動ドアが開く音がする。どうすることもできないまま、琴乃は一人取り残されていた。

「……春馬の馬鹿」

小さな罵りは、誰の耳にも届かず消えていった。急激に疲労感がのしかかり、琴乃は受付のベンチに力なく腰を下ろす。ひどく、疲れた。そして虚しい。

これまで築き上げてきたものを、足蹴《あしげ》にされた気分だった。怒っているのに胸は冷え、嫌な寒気さえ感じる。足元から崩れ落ちてゆくような錯覚に、琴乃は強く眼を閉じた。

春馬がまさかあんなふうに考えているなんて、想像もしていなかった。特に隠すことではないから、幼い頃から互いが連れ子同士であることは理解していたし、両親もきちんと説明してくれた。その上で、父も母も充分な愛情を注いでくれたのだ。だから、父が残してくれたものが琴乃だけのものであるはずがない。

分け隔てなく育ててくれた両親さえ侮辱《ぶじょく》されたようで、悲しい。

けれどそれ以上に、春馬の孤独と葛藤《かっとう》を垣間見た気がした。

今伊川家の中で、春馬だけ血が繋がっていない。この事実が、彼を苦しめていたのだろうか。琴乃は姉として気づいてあげられなかった鈍感さに歯噛みした。

――お金さえ沢山あれば……

春馬が気に病むこともなかったのに。つまらないことを気にするなと琴乃だって笑い飛ばせた。しかし現実は厳しい。

「定期預金を解約すれば何とかなるかな……お金を用意しちゃえば、春馬だって諦めて手術を受けてくれるよね……?」

そうしようと決意して、万が一拒否されたらと不安になる。結局のところ問題は、伊川家の経済状況なのだ。春馬が納得してくれない限り、無理やり病院に放りこむわけにもいかない。同意書がなければ、手術は不可能だ。

切実に、お金が欲しい。もしくは、支払いに余裕が欲しい。どこかに分割の支払いに応じてくれる病院はないものだろうか。少なくとも、大原整骨院では駄目だ。この小さな個人病院は、現金支払いのみという姿勢を貫いている。

「借金……は本末転倒よね。ローンも春馬が頷いてくれないか……」

どうしようと思い悩み、琴乃は膝に乗せていた鞄を握り締めた。その時、中でガサリと音がする。

「……あ」

鞄の中でひしゃげていたのは、入れたまま、すっかり忘れていた封筒だった。中身は、先日瀬野尾雅貴に借りたタクシー代。今日返しに行こうとしていた矢先にこんな事態になり、完全に忘却の彼方へ追いやっていた。

琴乃は鞄から封筒を取り出し、表面を指でなぞる。

自分にとってタクシーは贅沢なものだが、世の中にはそうではない人もいる。見も知らぬ相手に、ポンと援助できてしまう人も確かに存在するのだ。だとしたら——

受付に呼ばれた琴乃は会計を済ませ、全く無意識のまま、とある場所へ向かった。

2 契約結婚

瀬野尾整形外科クリニックは、想像以上に立派な病院だった。大きくて、外観はお洒落。駐車場も広く、リハビリ施設を併設している。芸能人や有名なスポーツ選手が通っているのも納得である。噂では、高級ホテルのスイート並みの個室もあるらしい。勿論金額も相応だ。

琴乃は門の前で立ち竦《すく》み、震えそうになる足を踏ん張った。

時刻は十五時すぎ。残念ながら本日の診察受付は終了している。明日は休診日。どうしたものかと途方に暮れていた。

ひょっとしたら、院内にはまだ誰かスタッフがいるかもしれない。頼みこめば、雅貴に会わせてもらえないだろうか。

当たって砕けろと己を鼓舞《こぶ》するも、非常識な真似をして心証を悪くするのが怖かった。

これから琴乃がしようとしていることは、お世辞にも褒《ほ》められたものじゃない。身勝手で恥知らずだと承知している。それ故にあと一歩勇気が出ず、敷地内に入ったはいいがもう十分近くを浪費していた。

——今更怖気づいてどうするの。春馬のためでしょ……！

掌《てのひら》に爪が食いこむほど強く握り締め、決意を固める。どうせ失うものなんて何もない。琴乃が軽蔑《けいべつ》されるくらいのものだ。だったら駄目もとでできることは何でもやるべき。家族なのだから——と琴乃は強引に右足を踏み出しエントランスに向かった。

「あれ？　君は——」

その時、聞き覚えのある声がした。

耳に心地好い低音。あまり感情を窺《うかが》わせない冷静な声音《こわね》。それでいて艶がある、大人の男性のものだった。

「瀬野尾、先生……」

さらりとした黒髪に細いフレームの眼鏡。細身のパンツが脚の長さを強調している。グレーのカットソーの上に羽織ったジャケットはシンプルな黒。さりげない着こなしなのに、合わせた靴や時計の趣味がいいせいか、とてもお洒落に見えた。モデル並みの体型を誇っているからかもしれない。

先週の日曜日、琴乃を助けてくれた瀬野尾雅貴がそこにいた。

「何？　もしかしてあの後怪我が悪化した？　でも今日の受付はもう終わりだ。悪いけど、よそへ行ってくれ」

面倒そうに前髪を掻き上げる彼の顔には、疲れが滲んでいた。丁度勤務を終えて帰るところなのだろう。言うだけ言うと、すぐに琴乃に興味をなくしたのか、横を通り過ぎようとする。

「待ってください……っ、あの、私……瀬野尾先生に会いにきて……」

「僕に？」

急に眼差しが鋭くなったのは一瞬。琴乃が身構えると、瞬きの後には作り物めいた笑みが張りつけられていた。

「……そう。で、用件は？」

これまでの不愛想なものとは違う、蔑《さげす》んだ空気に気圧《けお》される。整った顔立ちに浮かぶのは微笑なのに、どこか冷えた雰囲気が雅貴の全身から放たれていた。一気に眼の前でシャッターを下ろされた気分だ。

琴乃は視線を泳がせ、言い淀《よど》む。

邪険に扱われるかもしれないと覚悟はしていたが、まさか話す前から拒絶を強く感じるとは思わなかった。しかしもう、引き下がれない。

「その……」

「早くしてくれないか？　これでも疲れているんだ。くだらない用件ならご遠慮願いたい」

「く、くだらなくはありません……！　春馬の……私の弟の治療をしてもらえませんか？」

「は？」

怪訝な顔をする彼に遮《さえぎ》られる前に喋《しゃべ》りきってしまおうと、琴乃は大きく息を吸いこんだ。この機会を逃しては、もう話を聞いてもらえないかもしれない。

「膝前十字靭帯損傷で、手術とリハビリが必要だと言われました。あの、弟は陸上のハードル競技をやっているんです。だから……」

「それなら、特別難しい手術ではないから、他の病院でも受けられるだろう。どうしてわざわざ僕に？」

ますます温度の失われた瞳が、嘲《あざけ》るように琴乃を見下ろしてきた。雅貴は春馬ほど身長が高くはないのに、妙に威圧感がある。普段の琴乃であれば、こんなふうに柔和さの欠片もない異性と対峙するのは、相当苦痛を伴う行為だ。しかし今は微塵も気にならなかった。

「都合がいいお願いだと分かっています。でも、支払いを待っていただけませんか？　勿論、全額きちんとお返しいたします。ただできるだけ長く、猶予《ゆうよ》が欲しいのです……！

じ、実はうちには両親がいなくて、預金もあまりありません……祖母は病気がちで老後のことが心配だし、弟はまだ学生なんです。ローンやカードの分割は事情があって避けたくて……お金を借りられる親戚もいないし……」

口にして、琴乃は改めて己の非常識さに嫌気がさした。

我ながらとんでもないお願いをしているのは承知している。要約すれば、返済期限を設けず、出世払いにしてほしいと要求しているのも同じだ。しかも一度会っただけの、ほとんど見も知らぬ赤の他人に。

けれど、初対面の琴乃にぶっきらぼうな優しさを示してくれた彼なら、同情してくれるのではないかと思ったのだ。更に言えば、経営が順調な瀬野尾整形外科クリニックなら、多少の融通《ゆうずう》が利くのではないかとも計算していた。

自分でも、狡《ずる》いと思う。言っていて情けないし、穴があったら入りたい。だがお金の心配さえなくなれば、春馬は大人しく手術を受けてくれるのではないか。そう考えると、琴乃は居ても立ってもいられなかった。

「……本気で言っているのか？　そんなこと僕の一存でどうにかなる問題じゃないし、一人の患者を特別扱いできない上に、義理もない」

至極当然の答えを鼻で笑いながら返され、琴乃は羞恥《しゅうち》で真っ赤になった。

恥ずかしい。勢いでここまで押しかけ、丁度雅貴に出会えてしまったため、冷静さをすっかりなくしてしまった。よく考えなくても、失礼極まりない頼み事だ。こんなことがまかり通るなら、誰でも要求し大混乱に陥ってしまう。病院は、慈善事業ではないのだから。

「……すみません。突然突拍子もないことを言って……」

「分かったのなら、いい」

今度こそ立ち去ろうとする雅貴は、タクシー乗り場へ向かい歩き出した。がっくりと肩を落とした琴乃は、鞄の中にお金が入った封筒を入れたままだったことを思い出す。

「あっ、先生待ってください！」

「……まだ何か用？」

うんざりとした様子を隠そうともせず、彼は振り返った。

「これ……お返しします。その節はありがとうございました」

琴乃が封筒を差し出し深く頭を下げると、雅貴は器用に片眉だけをあげた。

「何？」

「タクシー代です。ドライバーさんに聞いたら、先生が支払ってくれるとおっしゃっていましたから……本当は今日、これをお渡しするつもりでした……それなのに馬鹿なことを言って、すみません」

反省しきりで俯いていた琴乃は、雅貴が微かに表情を和らげたことには気がつかなかった。ひたすら下を向き、申し訳なさでいっぱいのまま封筒を差し出し続けていたからだ。

「……わざわざ？　返してもらうつもりなら、最初から立て替えなんてしないで普通に支払わせていたと思うけど」

「それはそうですが、薬までいただいて甘えきるのはよくないと思います。あ、もしも気を悪くされたら、ごめんなさい」

せっかく善意でしてくれたことを突き返されては、面白くないと感じる人もいるだろう。そこまで考えていなかった琴乃は、声音が変わった彼を慌てて見上げた。

「急にしおらしいな。さっきまでは、たった一度会っただけの相手に、無期限で治療費をつけにしろ、と要求しておいて？」

しかし先ほどよりも軟化した態度で、雅貴は唇を歪めた。

笑って、いるのだろうか。先刻のいかにもな作り笑顔よりも歪《いびつ》ではあるが、ずっと自然な表情に見える。どこかリラックスした風情《ふぜい》で彼は肩を竦めた。

「……変な女だな」

「本当に、非礼をお詫《わ》びします。弟のことになると、つい我を忘れてしまうんです。……もう誰も喪《うしな》いたくないから……」

思わず吐露《とろ》した弱音に、琴乃はハッと口を噤んだ。こんな私的なことを言われても、彼だって困るに決まっている。いつもなら本音なんて他人に吐かないのに、最初の出会いが規格外だったせいか、琴乃はぽろりと素のままの自分を曝《さら》け出してしまった。

「へぇ。随分弟思いなんだな。僕はてっきり金目当てで近づいてきた女なのかと思った」

「え⁉　そりゃ……お金目当てだと言われても当然なんですけど……」

実際、治療と手術、リハビリ代まで無期限に貸してくれと言ったのと同じなのだから、ぐうの音も出ない。琴乃はますます縮こまって平身低頭謝罪した。

「あんなに親切にしていただいたのに、恩を仇《あだ》で返す真似をしてすみませんでした」

「恩？　仇？　いやに古風な言い回しだな。立ち居振る舞いに下品さがないし、さっき言っていたお婆さんの影響？」

一刻も早く帰りたいのを隠していなかった雅貴が、まるで琴乃との会話を楽しむように身体ごとこちらを向いて首を傾げた。

相変わらず切れ長の瞳は冴え冴えとしているが、苛立ちは収まったようなので、琴乃はひとまず安堵する。これ以上恩人を苛立たせるのは本意ではない。

「それもありますが、亡くなった両親も躾には厳しかったので。私が大人になって恥をかかないよう、きちんと教えてくれました」

「ふぅん……」

返事をしながら、いつまでたっても封筒を受け取ってくれない彼に、琴乃の方が焦れ始めた。身勝手な都合で押しかけてしまった我が身が恥ずかしくて居た堪れない。できるなら早く立ち去りたいのに、一向に目的は果たされないまま時間だけが過ぎてゆく。

針の筵《むしろ》とはまさにこのこと。実際一分にも満たない時間だったかもしれないが、しげしげと観察するような視線を雅貴から浴びて、琴乃には永遠の責め苦に感じられた。

「あの……」

「ちょっと待って。電話だ」

言うなり、彼はジャケットのポケットからスマホを取り出した。勝手に帰るわけにもいかず、琴乃は手持ち無沙汰で待つしかない。この隙にお金を返して逃げてしまおうかと一瞬考えたが、それはあまりにも失礼だ。

これ以上恥の上塗りをしたくないし、かと言ってすぐ傍に立っていては盗み聞きしているみたいで居心地が悪い。どうしたものかと逡巡し、結局数歩下がり後ろを向くことで『待っていますけど、聞いていませんよ』のアピールをした。

——何しているんだろう、私……でも、せめてタクシー代くらい返さないと。

いくらお金に困っていても、それはそれ。これはこれだ。品性まで売り払ってはいけない。琴乃は自省しつつ空を見上げた。

何とかして春馬のためにお金を工面しなければ。最悪の場合、夜の仕事も視野に入れるべきだろうか。副業は禁止されているし水商売は自信がないけれど、贅沢を言っている場合ではないのだ。

「——またその話ですか？　見合いはしません。もういい加減にしてくれとお伝えしましたよね」

言葉遣いは丁寧だが、苦り切った彼の声が背後から聞こえてきた。その様子と内容から、何となく『結婚』に関することかと想像がつく。だとすれば、尚更他人である琴乃が耳にしていいやり取りではない。

せめてもう少し離れるかと、何歩か歩き出した時。

「……分かりました。そこまでおっしゃるのなら、恋人を連れて行きます。ええ、実は付き合っている女性がいます。正式に紹介しますよ。彼女以外と結婚するつもりはありません」

——こんなにイケメンで裕福そうな人の恋人なんて、どんな女性なんだろう？　あれ？　でもこの前は結婚する気はさらさらないような言い方だったのに……

気が変わったのかな？　なんて呑気《のんき》に考えていた琴乃は、背後からいきなり手首を握られて飛び上がるほど驚いた。

「実は今、一緒にいるんです。夕食の席で紹介します。では」

「え？」

現在、雅貴と一緒にいるのは琴乃だけだ。周りを見渡しても、人影一つない。

——あ、これから会う約束なのかな？　それともタクシーで待たせているのかな。だとしたら、引き留めて悪いことをしちゃったわ……彼女さんにも謝らなくちゃ。

ぼんやりしたまま振り返った琴乃は、悪辣な笑みを浮かべた彼の双眸と正面から向き合う形になった。

「というわけで、取引しないか」

「はい？」

主語も述語も何もなくて、心底意味が分からない。困惑する琴乃をよそに、雅貴は手首を捕らえたままタクシー乗り場に向かい歩き出した。

「とりあえずこっちに来て」

「え、あの、私はこれさえお返しすれば帰ります」

琴乃は再びお金の入った封筒を渡そうとするが、彼は一瞥《いちべつ》もくれない。それどころか強引に琴乃をタクシーの後部座席に座らせ自分も乗りこむと、勝手に行き先を告げてしまった。

「すみませんがあまり時間がないので、急いで行ってください」

雅貴は運転手や飲食店の従業員に横柄な口を利くタイプではないのか、丁寧な口調で言った。琴乃に対してはぞんざいな扱いになるので、少しだけ意外だ。

——こっちが素なのだとしたら、つまりそれだけ私がこの人に迷惑をかけて不快にさせているということよね……反省しなきゃ。

琴乃が深く内省している間に走り出したタクシーは、渋滞に巻きこまれることもなく目的地に辿り着いたらしい。降ろされた琴乃は、高級店が立ち並ぶ通りに唖然とした。

誰でも知っている世界的なブランドがゆったりと店を構え、琴乃も前を通りかかったことはあっても、恐れ多くて中に入る勇気はとても持てなかったエリアだ。

その中でも特にハイブランドの店に、彼は全く気負いなく向かってゆく。

「瀬野尾先生……！」

「先生はやめてくれないか。君は僕の患者じゃないし。これからは呼び捨てで構わないから、雅貴と呼べ。僕も——君の名前は？」

「……伊川琴乃です……」

前回名乗ったのに、すっかり忘れ去られていることには脱力したが、彼にとってはどうでもいいことなのだから仕方ないのかもしれない。しかし、微妙に傷ついた。

ドアマンが恭しく開けてくれたガラス扉を怖々くぐり、琴乃はきらびやかな店内に息を呑んだ。

場違いだ。間違いなく、自分だけが浮いている。

どこを見ればいいのかも分からずおどおどしていると、店員がにこやかに声をかけてきた。

「これはこれは瀬野尾様。ようこそいらっしゃいました」

「これから食事に行くんで、親受けがよさそうな服を彼女に見繕ってもらえますか」

「えっ」

「かしこまりました。では、こちらにどうぞ」

意味不明な展開についていけず、琴乃はその場に踏ん張って、誘導しようとする店員に抗った。

「瀬野尾先生、どういうことか説明してください」

「それは後で。とにかく今は時間がない。急いでいるとさっき言っただろう？　あと何度も言わせるな。雅貴と呼ぶんだ」

これ見よがしに腕時計を確認されると、これ以上面倒をかけるのが心苦しくなる。だが彼の意図が摑めなくて不安なのだ。琴乃が迷っていると、雅貴は口の端を吊り上げ顎をしゃくった。

「大人しく従っていれば、さっきのタクシー代は受け取る。悪いようにはしない。ただしこれから『先生』と呼んだら返事をしないから、そのつもりで」

言い捨てると彼はさっさと試着室の前にあるソファーに腰かけてしまった。後はもう琴乃と会話するつもりがないのか、スマホの操作を始めている。

「では、お客様はこちらにいらしてくださいませ」

高級店は従業員まで一流だ。物腰柔らかでありながら、有無を言わせぬ笑顔の圧力で琴乃は試着室へと誘われていた。

わけが分からないままあれこれ着せ替えられ、その都度雅貴に駄目出しされる。靴や鞄、アクセサリーまで見繕われる頃には完全に疲れ切り、琴乃はもう文句を言う気力もなくしていた。

——もしかして、彼を不快にさせてしまった仕返しかしら……

だとしたら、甘んじて受けねばなるまい。だがしかし、だ。

ちらりと見てしまった値札は、小物一つでも琴乃の手が届く価格ではなかった。ゼロが多い。しかも普段購入しているファストファッションと比べると、一つではなく、二つ桁が違う。

——無理！　とても買えない。恥をかかせることが目的なのかもしれないけれど、ここは素直に謝って許してもらおう……

心を奮い立たせ、琴乃は試着室のカーテンを引いた。

「あの、瀬野尾先生……ま、雅貴、さん」

宣言通り、琴乃の呼びかけにピクリとも反応しない彼を、ぎこちなく名前で呼ぶ。するとやっと顔をあげてくれた。

「ああ、悪くない。ではそれを全部いただきます。彼女が着ていた服や靴は、袋に詰めてもらえますか」

後半は店員に言い、雅貴はカードを手渡した。琴乃の見間違いでなければブラックカードだ。

「ちょっと待ってください。私にはとても払えません……！」

慌てふためいた琴乃は、彼の傍に駆け寄り、小声ながらはっきりと告げた。悔しいけれど、頭から爪先まで総額いくらになるのか考えただけで気が遠くなる。後日返せと言われたら、完全に破産だ。分割にしてもらったところで、完済するまでに何年かかることやら。

蒼白になった琴乃は雅貴に取り縋った。

「冗談にしてもたちが悪すぎます。私が悪かったのは重々承知していますから、もう許していただけませんか？」

「この状況で、そんな発想をする女がいるとは思わなかった」

さも珍しい生き物を観察する面持ちで、彼はこちらを見つめてきた。黒曜石めいた艶やかな瞳に、琴乃は思わず背筋を正す。

「取引だと言っただろう？　黙って受け取っておけ。その代わり今夜はちょっと付き合ってもらう。詳しい契約は移動しながら話そう。ああ、家族には外食すると電話しておいてくれ」

「そんな急に……」

困りますという琴乃の抗議は、完全に無視された。着ていた服は取り上げられ、走るには適していないヒールの高いパンプスを履いている現状では、逃げ出すという選択肢も選べない。

渋々雅貴の言う通りに琴乃は自宅へ電話するしかなかった。

『そうかい。春馬ちゃんはたいした怪我じゃなかったみたいだし、祖母ちゃんは安心したよ。琴乃ちゃんもたまにはゆっくり遊んでおいで』

「あ……うん……春馬はもう家に帰っているのね？」

どうやら弟は、祖母に嘘を吐いたらしい。しかし今詳しく説明している暇はなく、琴乃は雅貴に急《せ》かされる形で店を出て、再び車に揺られていた。

「……これから、どこに？」

「父が予約したレストランに行く。そこで婚約者として両親に会ってほしい」

「こんやくしゃ……？」

知っている言葉なのに、琴乃には意味が分からなかった。料理の名前かしら、と本気で思ったほどだ。数度頭の中で繰り返し、ようやく『結婚を約束した相手』という意味に思い至る。

「どういうことですか……？」

「最近、早く結婚しろと煩く言われていてね、少々肩身が狭いんだ。このままでは勝手に見合いをセッティングされかねない。でも僕は他人に気を使って一緒に生活するなんて考えたくもないし、親族間の付き合いだとか面倒事は嫌いなんだ。そんなもの、仕事だけで充分だと思わないか？」

　車のシートに背中を預けた彼は、気《け》怠《だる》げに溜め息を吐いた。眉間を揉みながら、こちらを見る。

「一人の女に縛られるのもごめんだ。だから、勘違いせず同居しても苦にならない、常識をある程度弁《わきま》えていて馬鹿じゃない。もっと言えば親受けがいい——そんな好都合な女性がいればいいと常々思っていた」

「はぁ……そうですか……」

　それがどう、現状と繋がるのだろう。

　琴乃は『それで？』と先を促す。

「君なら、条件に当て嵌《は》まりそうだ」

「私……!?　何をおっしゃっているんですか？　まだ出会って二回目ですよ」

　名前も覚えていなかったくせに、よく言う。互いの為人《ひととなり》など知らないではないか。とんでもない提案に、琴乃は両手を顔の前で左右に振った。

「無理です、そんな大それた嘘は吐けません」

「今日買ったものは、全て転売してくれて構わない。どれも新作だから、そこそこの値段で引き取ってくれるはずだ」

「あっ……」

つまり今琴乃が身に着けているものは、プレゼントではなく報酬なのだ。そのことに気がついて、一気に血の気が引いた。

「返品しましょう……！」

「靴は履いてしまったから不可能だな」

「でしたら、それ以外を……！」

正直、靴一足でも琴乃にとっては痛手だが、今引き返さなければ深みに嵌まる予感があった。隣に座る雅貴に向け、必死に『店に戻ってください』と懇願する。

完全に嵌められた。わざと琴乃が断りづらい状況を作り上げてから取引条件を述べるなんて、策士もいいところではないか。腹黒だ。琴乃の中で警戒警報が鳴り響く。

「恋人の振りなんて……今夜を乗り切ったとしても、どのみちバレてしまいますよ。ご両親を騙すのも気が引けます。今後のために、正直に言った方が……」

「誰が、その場限りの嘘だと言った？　実際に結婚すれば、何も問題ない」

「……えっ？」

世のプロポーズとは、こうして行われるのだろうか。なるほどサプライズ――と納得しかけて、琴乃は猛然と頭を振った。

危ない。想定外の展開に、脳が機能停止しかけていた。

「寝言は寝てからおっしゃってください」

「琴乃は見た目大人しそうなのに、案外言動ははっきりしている。行動力があるのと、自分の意志を持っているところが好ましい。馬鹿じゃなさそうだしな」

さりげなく名前を呼ばれ、不覚にも鼓動が跳ねてしまった。動揺を悟られたくなくて、琴乃はわざと難しい顔をした。

「冗談はやめてください。私は、雅貴さんの茶番に付き合うつもりはありません」

お金を返すだけだったはずなのに、どうしてこうなったのかいくら考えても不明だ。車窓の向こうは既に暗い。街灯が灯る街並みは、昼とはまるで違う顔をしていた。

広くはないタクシーの車内で、体が触れそうなほどの距離に男性が座っている。今更ながらその事実に気がつき、琴乃は小さく喉を震わせた。昔の、嫌なことを思い出しそうになる。

「冗談のつもりはない。双方にとって、理想的な形に収まる最高の策だ」

「わ、私には特に利益がありません」

どうしても返金を受け取ってもらえないのなら、無理やり押しつけてでも帰ろう。靴は買い取りになったとしても、他のものは頼みこんで返品させてもらわねば。琴乃は膝の上で拳を握り締め、侮られまいと虚勢を張った。

「だいたい見え透いた嘘など吐かなくても、貴方ならいくらでも協力してくれる女性がいるのではないですか？」

「残念ながら、どの女も約束を忘れて欲深くなる。最初はただの契約だと納得していたはずなのに、いつの間にか本物の恋人や妻として振る舞いたがるのさ。冗談じゃない。他人と暮らすなんて想像しただけでゾッとする。僕が欲しいのは妻じゃない。家政婦プラスαのパートナーだ」

控えめに言って、最低だと感じた。

琴乃は激しく引きながら、眼前の男を見つめてしまう。

結婚願望が著しく低いことはよく分かった。根底で、女を煩《わずら》わしく思っていることも。

確かに雅貴ほどの美貌と地位、金銭的余裕があれば、女性に不自由することはないだろう。きっと何もしなくても相手から寄ってくるはずだ。その過程で面倒な事態になったのも、想像に難くない。

だがしかし、だ。

同情はするが、それとこれとは話が別である。琴乃が茶番に参加する理由にはならない。いくら困っている人を助けるためであっても、吐く嘘の規模が大きすぎる。

「雅貴さんの言い分は理解しましたが、やっぱり私にはできません。お金はお返ししますので、降ろしてください」

「金は返さなくていい。それから、君の弟の手術とリハビリは僕が引き受けるし、治療費を支払う必要もない」

「……えっ？」

突然、鼻先にぶら下げられた人参の意図が読めず、琴乃は瞳を瞬いた。聞き間違いかと窺えば、彼は酷薄《こくはく》そうな笑みを浮かべている。長い睫毛をゆっくり伏せ、思わせ振りな流し目を寄こした。

「さっきも言ったが、患者を特別扱いはできない。だが医者の家族なら例外はあると思わないか？　妻の弟を優遇するのは、人として不思議でも何でもない」

「それ、は――」

どういう意味だろう。期待と不安が入り交じり、琴乃は声を震わせた。

「今日限りの恋人役ではなく、これから先も僕にとって都合がいい妻役を演じてくれるなら、琴乃と君の親族の生活の面倒は見る。当然、返済の義務はない。条件はただ一つ――僕に愛情を求めないこと。常識的な範囲内であれば、君の浪費は認めよう。瀬野尾家の嫁がみすぼらしくては、周りに何を言われるか分からないからな」

淡々と告げられる内容は、とても明快だ。しかし、上手く琴乃の頭に入ってこない。何度も脳内で反芻し、やっと雅貴の言わんとしていることが理解できた。

「……つまり、表向きは妻として、実質は家政婦になれということですか……？」

雇用条件は悪くない。金額的に考えれば、好条件だと言えるだろう。しかし、期間が問題だった。

「いつまで？」

「簡単に飛びつかないところは、冷静だ。……そうだな、短くて数年。長ければ一生かもしれない。そこはこちらの都合に合わせてもらう。期間内に君が離婚原因になる軽はずみな行動を起こさず僕都合の関係解消なら、相応の慰謝料も支払おう。悪くないと思わないか？」

琴乃は喉奥で小さく喘《あえ》いだ。

自分にも、結婚願望はない。いや、できないと思っている。

だから、形だけ誰かと籍を入れることに問題はなかった。むしろその程度のことで諸々の悩みが解消できるならば、安いものだとさえ思ってしまう。

しかし、『結婚』の二文字に二の足を踏むのも事実だ。琴乃だって一応は妙齢の女。いくら普通の男女交際や結婚を諦めていても、夢を抱いていないわけではない。

二十四歳になり、周囲の友達の中には嫁ぐ者も現れ始め、淡い憧れは秘かに持っていた。それに、結婚となれば当人同士の問題だけではなくなってくる。親戚付き合いや相続、介護等々、様々な現実が立ちはだかるはずだ。

すぐに頷けない琴乃は、雅貴から痛いほどの視線を感じていた。

「とりあえず今夜だけでもお試しとして僕に付き合ってみないか。僕だってこの先の人生にかかわる話を今ここで決断しろとは言わない。本当に結婚するかはまた改めて——」

「――お話、お受けします。私は貴方と結婚します」

けれど、大切なのは琴乃自身よりも春馬だ。ならば迷う必要はない。

覚悟を決めた琴乃は、毅然《きぜん》と彼を見据えた。

「妻を演じる家政婦になります。その代わり、くれぐれも弟のことを、よろしくお願いします」

「へぇ……」

僅かに眼を見開いた雅貴は、まじまじとこちらを見返してくる。観察するような眼差しを逃げることなく正面から受け止めて、琴乃は身を乗り出した。

「それでは、恋人として疑われないように、貴方のことを教えてください」

「頭の切り替えが早いな。もう少し悩むと思ったが、そんなに弟が大切なのか」

「当たり前です。家族だもの」

春馬と祖母。あの二人を守るためなら何だってする。琴乃の人生を切り売りするくらい些末《さまつ》なことだ。

決意を漲《みなぎ》らせ、便宜上夫になる人とタクシーの中で見つめ合う。これは言わば雇用契約。主従関係と呼んでもいい。とにかく世間一般の婚姻とは全く違う形態だ。

爪が掌に食いこむほど強く握っていた琴乃の拳に、彼の手が重ねられた。刹那、ビクリと琴乃の肩が跳ねる。

「慣れていないな」

「誰とも……お付き合いしたことなんて、ありません……っ」

「意外だな。男たちが放っておかなかっただろうに」

嘲るような冷たい笑みを浮かべた雅貴に取られた琴乃の手が、小刻みに震えていた。急に心臓が激しく脈打ち、呼吸も乱れる。緊張から冷えて感覚が鈍った指先に——火傷《やけど》するかと思うほど熱く柔らかなものが押しつけられていた。

「……っ」

声にならない悲鳴は、琴乃の喉奥に消えた。

生まれて初めて異性から贈られたキスは、左手の指先。ほんの一瞬の接触だったが、彼の唇が離れていった今も、じんじんとした疼《うず》きが消えてなくならない。鼓動と一緒に、全身へ熱が駆け巡ってゆく。

琴乃の両頬が熱を孕《はら》む。いや、全身が発熱していた。だが不思議なのはいつもなら嫌悪を感じてもおかしくないのに、嫌ではなかったことだ。驚きはした。勝手なことをされた憤《いきどお》りもある。けれど、気持ちが悪いとは感じなかった。

彼が冷笑を滲ませつつも、指先に贈られたキスが不思議と温かくて、少なくとも、雅貴が正直であると思えたからかもしれない。もっと上手く言い繕って琴乃を丸めこむこともできただろうに、ある意味彼は誠実だった。無駄に夢を見させず、一応選択肢を残してくれた。

だからこそ信用してみる気になれたのかもしれない。

――この人を善人だと思うほど無防備にはなれないけれど……

おそらく、極悪人ではない。ならば飛びこんでみる価値はある。

「契約、成立だな」

偽りの恋人は、眼鏡越しの瞳を細めた。


「お荷物、こちらでよろしいですか？」

「は、はい。お願いします」

引っ越し業者がキビキビと家具を運びこむのを、琴乃は現実感の乏しい中で見守っていた。手伝おうとしても断られ、することと言えば指示を出すだけ。広くピカピカの部屋の中にどんどん生活するために必要なものが設置されてゆく。

ふと見ると、一人だけまだ新人なのか手間取っているスタッフがいたが、先輩らしき男にどやされていた。小さな声で謝っており、同情してしまう。何事も慣れないうちは大変なものだ。

「奥様、こちらはどうしましょう」

「おく……さま……」

一瞬、誰のことかと首を傾げかけ、琴乃はハッと我に返った。

「あ、隣の部屋にお願いします」

「かしこまりました」

都内の一等地に建つ、新築のタワーマンション。その最上階が今日から琴乃が住む部屋になる。窓からの眺望は素晴らしく、文句のつけようもない。部屋数は二人暮らしには多く、バストイレは落ち着かないほど広い。用途の分からないスイッチはミストサウナだと説明され、早くも理解の範疇《はんちゅう》を超えていた。

とにかく琴乃には、何故自分がここにいるのか、未だによく理解できていなかった。

「琴乃、疲れただろう。寝室は先に片したから、横になっていてもいいぞ」

背後から艶のある声をかけられ、怖々振り向く。

これが夢ではない証拠に、そこには『夫』である雅貴が微笑みながら立っていた。

「お優しい旦那様ですね。羨ましいです」

唯一の女性である引っ越し業者のスタッフが、頬を染めて琴乃に囁《ささや》く。皮肉などではなく、本気でそう思っているのか、独身らしい彼女の瞳には、ハートマークが浮かんでいた。

「そう、ですね……」

たぶん、傍から見れば自分たちは幸せな新婚夫婦なのだろう。それぞれ左手薬指にはペアリングをし、寄り添うように立っているのだから。更に雅貴はご丁寧にも甘い空気を醸《かも》し出している。他者の眼にどう映るかを充分計算した上での行動だ。

しかし現実は、嵌めているリングは正式な結婚指輪ではない。仮の指輪だ。そしてまだ籍を入れてもいない。

だから正確に言うなら、琴乃と雅貴の関係は、知人に毛が生えた程度のものである。もっと言うなら雇用主と従業員だ。だが、妻らしく振る舞うのが琴乃の仕事。

「雅貴さん、私なら大丈夫です。貴方こそお疲れではありませんか？」

夫を労る妻を演出し、彼の腕に手を添えた。

「優しいな、琴乃は。やっぱり君と結婚して正解だった」

どうやら合格点をもらえたらしい。額にキスをされ、少しだけ身体に力が入ってしまったが、どうにか逃げずに堪える。これくらいなら、もう慣れた。

契約結婚の話を持ちかけられてから一か月あまりしか経っていない。けれど琴乃の生活は一変していた。

あの夜、車内で互いのプロフィールを簡単に教え合い挑んだ、雅貴の両親との会食。家柄の違いなどの理由で反対されるのでは、と懸念していたが、彼らはとても好意的に琴乃を迎え入れてくれた。そしてその場で結婚式の日取りまで着々と決められてしまったのだ。

式は、諸々準備があるので八か月後。入籍は来月。しかしできるだけ早く一緒に暮らしたいと言う雅貴の希望に沿い、今日から新居に越してきていた。

本当なら、琴乃が一生かかっても住めないハイクラスのマンションは、当然ながら彼が用意したものだ。しかも賃貸ではなく分譲。いったいいくらかかったのか、怖くてとても聞けない。

新生活を始めるにあたり、琴乃は自分の荷物を移動するつもりでいたが、それらは結局全て祖母宅に置いてくることになった。『必要なものは全部こちらで準備する』と雅貴に言われた時は戸惑ったが、今は正解だと認めざるを得ない。

どう考えても、随所に高級感溢れるこの部屋に、安っぽい合板の家具は似合わない。ファストファッションも然《しか》りだ。

琴乃は居心地の悪さを感じながら、室内を見渡していた。

デザイナーズマンションでもあるので内装はお洒落で、キッチンの使い勝手もよさそうだ。きっと誰もがセレブな生活を思い描き胸躍らせるのかもしれない。

しかし琴乃は早くも純和風家屋の祖母宅が恋しくなっていた。

ささくれ立った畳や、傷がついた柱、穴の開いた障子が懐かしい。古くて狭くて、とても若い人が憧れるような家ではなかったけれど、あそこにはいつも温もりが漂っていた。

線香の香りに謎《なぞ》の染み。特に意識したこともなかったが、今更あれらが大好きだったのだと琴乃は気がつく。

いつだってあって当然だと信じているものは、なくしてからその大切さを悟るのだ。

雅貴が結婚の挨拶《あいさつ》に伊川家へやってきた日、家族二人の反応は完全なる真逆だった。祖母は手放しで喜んでくれ、涙ぐみながら雅貴にくれぐれも孫を頼むと頭を下げた。心の底から琴乃の幸せを願ってくれる祖母に、騙している申し訳なさを拭えなかったが、彼女の愛情は純粋に嬉しい。対して弟の春馬は。

絶句した後、一言も口を利かなくなってしまった。剣呑《けんのん》な眼差しで雅貴を睨みつけ、殴《なぐ》りかかるのではないかと心配になったほどだ。

途中で席を立つ不作法は犯さなかったけれど、納得していない態度を隠そうともせず、初顔合わせはどうにも張り詰めた空気で終わってしまった。

以来、春馬と雅貴の関係は改善されないまま。

――今日も、怒っていたなぁ……春馬ったら……

もともと若干シスコン気味だと思ってはいたが、そんなに姉の結婚が面白くなかったのだろうか。伊川家唯一の男子として、家族を守らねばと気負っていたのかもしれない。それともまさか、偽装結婚であることに勘づいたのか――

――いや、まさかそれはないわよね。だって雅貴さんの演技は完璧だもの。

言葉や態度だけ見れば、まるで彼が本当に琴乃を愛しているかのように錯覚しそうになる。軽い男性恐怖症の琴乃だから本気にせず、適度に躱《かわ》せているようなものだ。きっと普通の女性なら舞い上がって勘違いしてもおかしくない。

それくらい、彼の態度は完璧で破綻したところがなかった。

ただ一点。眼鏡の奥の瞳に熱がない、ということを除けば。

いくら恋を語っても、愛を匂わせても、雅貴の双眸には恋情が宿っていないのだ。いつだって冷静に周囲の反応を観察している。その都度最良の選択をし、適切な行動を取っているだけ。何もかも緻密《ちみつ》な計算の上に立ったまがい物である。

そのことに気がついている琴乃としては、彼の言動にのぼせ上がるなどあり得なかった。

——春馬とお祖母ちゃんに安心してもらうためにも、幸福な新妻を演じきらなきゃ。

決意を固め、腹に力を入れる。今朝琴乃が家を出る時『今ならまだ結婚取りやめもできる』と言っていた弟を思い出し、己を鼓舞した。

「難しい顔をして、どうした」

頬に長い指が這《は》い、琴乃は慌てて笑顔を形作った。

いけない。雅貴が傍にいることをすっかり失念していた。

「少しぼんやりしてしまいました。今日から新生活が始まるのだなぁと思って」

そして春馬の手術もめどが立った。

当初はいくらお金の心配がなくても、義兄に頼る気はないと突っぱねていた春馬だが、琴乃の結婚式には何の憂いもなく出席してほしいと説得すると、渋々頷いてくれた。

就職したら絶対に返済すると息まいてはいたが、一安心だ。春馬が治療を受ける気になってくれただけで、この結婚には意味がある。金銭的余裕ができたことで、祖母の家を理想の形にリフォームすることも決定済み。万々歳である。

——あとは私が家政婦兼妻役をきっちり勤め上げればいいだけね。

新居は広くて掃除が大変かなと思ったが、ロボット掃除機があるし、一軒家よりはマシだろう。洗濯物は基本クリーニングに出せと言われており、どうやら家事の中で一番求められているのは料理らしい。

幸い、琴乃は料理が嫌いではない。

妻としての仕事は他に、夫婦で出席しなければならない集まりや、親類縁者との付き合いだが……琴乃が案じていたほど頻繁ではないと説明され、ホッとしていた。雅貴の両親との同居もなし。

会社は来月末で退職予定。つまりこれからは専業主婦になるのだ。時間はたっぷりある。一日でも早く、この部屋を自分の居場所として認識できるよう、雅貴が安らげる空間になるよう努力しようと心に誓う。そのためにもまず、積極的に動かなくては。

「怖気づいたのか？」

人の悪い笑みを薄く浮かべ、彼が琴乃にだけ聞こえるように囁く。

最近気がついたのだが、雅貴がこういう態度を見せるのは非常に珍しいことらしい。彼は基本、礼儀正しい紳士だ。実際、実の親にも敬語で話し、誰に対しても節度を持って接している。

偉ぶったところはなく、好青年と評してもいいだろう。琴乃の祖母も、絶賛していた。開業医の息子にして自身も医師。容姿端麗、頭脳明晰で人格者。まさに非の打ち所がない完璧人間である。琴乃以外に対しては。

――私とは出会い方が特殊だったし、取り繕う必要がないと思ったのかしら……でも下手に本音を隠されるよりも、楽かもしれない。

「それはこちらの台詞《せりふ》です。正直、雅貴さんの方が後悔しているのではありませんか？　私はてっきり、貴方は他人をプライベートスペースに入れるのが嫌だから結婚を渋っているのだと思っていました。だから、式を挙げる前に一緒に住もうと言われるとは夢にも思いませんでしたよ」

もしかすると独身状態を長く保ちたいのではないかと予想していた。婚約期間を長く設け、結婚を急がせる周囲をのらりくらりと躱すことも可能だったはずだ。その方が都合がいいのだろうと琴乃は読んでいたのだが、蓋《ふた》を開けてみれば怒濤《どとう》の勢いでこんな状況になっている。

「ごまかしつつ現状維持も考えなくはなかったが、気が変わった。琴乃となら、一緒に暮らしてもさほど苦痛はないと思う。君は出しゃばらず、かと言ってお人形でもない。楽しめそうだ」

「……？　褒めてくださっているなら、ありがとうございます」

偽りであっても夫婦になるのなら、嫌われるよりは好かれていた方がいい。琴乃は素直に礼を言い、どんどん運びこまれる家具や段ボールを眼で追っていた。

たまに配置について問われることもあるが、本や食器も次々に並べられてゆき、琴乃にすることは何もない。むしろ邪魔になっている気がする。といって一人だけ休んでいるのは心苦しく何かできることはないかと探していた。

「……ぁ、雅貴さん、今夜食べたいものはありますか？　私、頑張って作ります」

「引っ越し早々張り切らなくてもいい。今夜は外食か宅配で構わない」

「いいえ、そこは私の仕事ですから」

琴乃は自分の立場を弁えている。条件通りに祖母と春馬に手を差し伸べてくれた彼には、いくら感謝しても足りない。自分にできることは何でもするつもりだった。

「真面目だな。じゃあ、オムライス」

「分かりました。では材料を買ってきます」

琴乃は意気ごんでマンションの近くにある高級スーパーに向かい、当座の食料や調味料などを買いこんだ。あんまり重いものは後日購入することにして、最低限の買い物を済ませ部屋に戻ると、既に引っ越し業者は引き上げていた。先ほどまで全くなかった生活感が、家具が置かれたせいかぐっと現実味を帯びてくる。

今日からここで雅貴と暮らすのだ。不思議な緊張が背筋を這い上がる。

室内に男性と二人きりなのだと意識した途端落ち着かなくなって、琴乃は時間的にはまだ早いが、夕飯の準備に取りかかることにした。

――オムライス、雅貴さん好きなのかな。意外に可愛らしい……ああでももっと手のこんだものでないと簡単にできあがっちゃう。スープとサラダを添えても、たいして時間はかからない……あ、もしかして私の手間を考えて言ってくれたのか……

ごちゃごちゃと考えているうちに、彼の気遣いに思い至った。証拠は何もない。単純にオムライスが好物の可能性もある。だが琴乃は、自分の想像が正解な気がしていた。雅貴はたぶん、琴乃の負担にならないメニューを口にしてくれたのだと思う。

――ちょっと分かりづらいけれど、やっぱり優しい人なのかな……せめてフライでも添えればよかったかも。

明日からはもっと料理を頑張ろう。春馬と同じで、お肉が好きかな？　と琴乃が考えながら手を動かしていると、彼が声をかけてきた。

「随分早いな。少し休めばいいのに」

「雅貴さんこそ。お茶を淹《い》れますので座ってください」

書斎の片付けをしていた彼は、キッチンに入ってくるとカップを二つ取り出した。

「僕がやろう。だが僕は緑茶よりコーヒーを好む。覚えてくれ」

手際よくコーヒーメーカーをセットし、琴乃にも腰かけることを促してくる。

二人暮らしには大きいテーブルを挟み顔を突き合わせれば、途切れた会話の間を湯が沸く音が埋めていった。

「改めて、今日からよろしく」

「よろしく、お願いします……」

共に暮らすにあたって、細かなルールはまだ決めていない。確定しているのは余計な干渉をしないことくらいだ。家事全般は琴乃の役割。余った時間は自由。本当に条件のいい仕事だと思う。せめてできることは満足してもらえるようになりたい。

「あの、雅貴さん。明日からお弁当を作った方がいいですか？　ご迷惑でなければ、用意しますけど」

もともと春馬の弁当を作っていたから、苦ではない。しかし琴乃の問いに彼からの即答はなく、出すぎた真似をしたかもしれないと焦った。雅貴にとっては、弁当なんて庶民的で嫌なのだろうか。もしくは、別に用意してくれている女性がいる可能性もある。

「あ、いらなければ気にせず断ってください」

家政婦の枠を逸脱したならば、申し訳ない。未だに彼との距離を測りあぐねて、琴乃は砂糖やミルクの準備をすることでごまかした。

「お菓子、食べますか？　さっきクッキーを買ってきました。疲れた時には甘いものが欲しくなる……えっ」

背中を向けて皿を出していると、ごく近くに他者の熱を感じた。反射的に振り返れば、春馬とは違う香りに包まれる。

「……っ」

後ろから抱きしめられていると気がつくには、数秒の時間が必要だった。逞《たくま》しい腕が琴乃の腹に回され、後頭部には男性の胸の硬さが押しつけられている。髪を梳《す》く長い指先に、眩暈《めまい》を覚えた。

「雅貴さんっ……？」

「甘いものは、好きじゃない」

「そ、そうですか。おせんべいとかにすればよかったですね」

わざと明るい声を出したのは、混乱していたからかもしれない。どうすればいいのか分からず、琴乃は手にしたままの皿を置くこともできずにいた。

「髪、長くて綺麗だな。好みだ」

「あ、ありがとうございます。あの、近い……」

振り解くのは悪い気がして、身動きが取れない。口から飛び出しそうな心臓は、鼓動が聞こえてしまいそうだ。これほど密着していれば、きっと彼にも伝わっているだろう。

凍りついたままの琴乃の毛先を、雅貴は幾度も指に絡め遊んでいた。その手が不意に方向を変え、首筋から鎖骨付近を撫でおろす。

「ひゃっ……」

第一ボタンしか外していなかった琴乃のシャツからは、地肌はほとんど覗いていない。僅かな隙間へ侵入する彼の指先は、絶妙な圧を加えながらゆっくり移動した。最初は上下に。次は円を描くように。次第に深く、奥へと忍び込んでくる。

「雅貴さんっ……」

琴乃の腹を拘束していた彼の腕が脇腹を摩《さす》り、シャツの裾を捲り上げた。下にはキャミソールを着ているが、布越しの刺激は微かでもどかしく、とてつもなくいやらしく感じる。

「ど、どうして」

何を求められているか、いくら経験がない琴乃にも分かった。知人や友人関係ではしないこと。家政婦の業務には含まれていないことだ。

シャツのボタンを外す雅貴の不埒《ふらち》な手を押さえ、引《ひ》き剝《は》がそうとするがびくともしない。意に介さず下へ移動する度に、琴乃の肌着代わりのキャミソールが晒《さら》されていった。

「どうしてって？　僕たち、夫婦じゃないか」

「ま、まだ違います。それ以前に、形だけの約束じゃ……」

「僕は、妻の役目を果たしてくれることを望んだつもりだが」

確かに彼は、夜の夫婦生活について明言したことはない。あるともないとも言っていなかった。琴乃が勝手に『対外的に妻として振る舞い、家庭内では家政婦である』と解釈しただけだ。

だがその勘違いを、雅貴も否定しなかったではないか。

「話が違っ……」

「いくら住みこみでも、家政婦に支払う報酬としては、大人三人が十分に暮らせる金額プラスαなんて、常識的に考えて多すぎると思わないか？」

「それはっ……」

痛いところを突かれ、琴乃は口ごもった。祖母と弟の生活費も、琴乃が退職すれば雅貴に頼らざるを得ない。家のリフォーム費用は馬鹿にならないし、一番の問題は春馬の入院と手術、それからリハビリ代だ。

どれも決して安くはない。雅貴は気前よく支払いを約束してくれているが、もしも琴乃一人で稼ぐとしたら、いったい何年かかるか想像するだけで気が遠くなった。しかもどれもこれも後回しにはできない問題であり、今すぐお金が必要なのだ。

家政婦報酬のみではとても賄えないだろう。つまり最初から、そこには『妻としての義務』も含まれていたことになる。予測していなかった琴乃が、甘くて愚かなのだ。

「……初心《うぶ》だと思ってはいたが、もしかして処女か？」

直球の質問に顔が真っ赤に染まる。恥ずかしくて声も出ない琴乃の顎は捕らえられ、強引に振り向かせられた。

「どっち。はっきりしないのは好きじゃない。答えないと痛い思いをするかもしれないぞ」

「しょ、処女です」

屈辱に塗《まみ》れながら、正直に打ち明けた。痛いのは嫌だ。初めては辛いと聞いたことがある。好きな相手であっても苦痛を伴うものなら、心が添わない人とでは、どれほどひどい思いをすることになるのか。考えただけで、琴乃の足が竦む。

涙目で仰ぎ見れば、雅貴の唇が美麗な弧を描いていた。だが、目は笑っていない。あるのは、捕食者の獰猛《どうもう》な光。愉悦を孕んだ強者の傲慢《ごうまん》さで、捕らえた獲物をどういたぶるか思案するものだった。

「……や、待ってください」

怖い。

足が震えて崩れ落ちそうになる。逃げたい気持ちとは裏腹に、全く動いてくれない琴乃の身体は、彼に軽々と抱き上げられてしまった。いわゆるお姫様抱っこの密着面積は大きい。男性の硬く引き締まった胸板の逞しさに驚き、同時にクラクラと眩暈がした。

「コーヒーは後で飲もう」

運ばれた先は、キングサイズのベッドが鎮座《ちんざ》する寝室。よく考えてみれば、寝室は一つしかない。しかもこの大きさ。どう考えても二人一緒に眠るためのものだ。けれど今この瞬間まで、本当に琴乃の中にはそんな発想がなかったのである。完全に自分のことを家政婦だと思いこんでいたので、別の可能性など思い描いてもいなかった。

いや、無意識に考えたくなかったのかもしれない。一度冷静になり思い至ってしまえば、平常心で受け止められないのは分かりきっていた。自分が異性から性的な対象と見られるのは、心底気持ちが悪い――そう琴乃の心には刻まれているから。

ベッドの上に降ろされた身体の上に、雅貴が覆い被さってくる。見慣れない天井が彼の肩越しに見え、他人の肉体が作る影に閉じこめられた。

「……っ」

全身が緊張する。外した眼鏡をサイドテーブルに置いた雅貴の顔が近づき、琴乃がぎゅっと眼を閉じた直後、唇には柔らかな熱が重ねられた。

「……ふ、んんっ」

引き結んでしまった唇を、何かがノックする。開くことを催促され、耳朶を摩《さす》られた擽《くすぐ》ったさから力が抜けてしまった。

「ん、ぁ……んっ」

琴乃の口内を、我が物顔で彼の舌が蹂躙《じゅうりん》する。口の中を舐め回されたことなどない。未知の感覚に指先までが痺《しび》れた。

戸惑うあまり呼吸を忘れた琴乃は、降ってくる含み笑いにようやく瞼をあげた。

「鼻で息をするんだ」

僅かに目尻を赤く染め、色香を滴らせる男がそこにいた。いつもの禁欲的な雰囲気とはまるで違う、劣情《れつじょう》を視線に乗せた空気に酩酊《めいてい》する。濡れ光る唇は、二人の唾液《だえき》だろうか。思わせ振りに舐めとる舌は、卑怯《ひきょう》なほど淫猥《いんわい》だ。

いけないものを見てしまった心地で、琴乃は慌てて眼を逸らした。

「これは教え甲斐がありそうだな」

耳に注がれる声が、媚薬《びやく》になる。いつもは低く滑らかな声が、今は少しだけ掠れていた。それがまた琴乃から冷静さを奪ってゆく。

恥ずかしくて怖いのに、何かを期待している自分がいた。普段の琴乃なら、ここまで男性に接近されれば、恐怖でパニックを起こしそうになる。どうにか耐えられても、顔面蒼白になって不思議はない。

しかし今は、別の種類の混乱はあっても、琴乃は恐慌をきたしてはいなかった。逸《はや》る胸は、怯《おび》えだけではない。その証拠に、指先は冷たくなるどころかどんどん熱くなっていった。

「不本意だって顔をしている」

「だって、急にこんな……」

しかもまだ夜には早い。日は落ちかかっているが、室内は充分に明るい。カーテンを引いてもいない窓からの光は、柔らかな色を残していた。

——どうしよう。……もし途中で『あの時のこと』を思い出したら、私は……

時間稼ぎをしたくて逡巡する琴乃は、不安定に視線を泳がせた。

男性が、怖い。特に自分へ劣情を向けてくる相手が。琴乃には、乗り越えなければならない秘密がある。だがその内容を雅貴に説明する勇気はまだ持てなかった。この傷を晒すには、重ねた時間や信頼が足らなすぎる。

上手い言葉が出てこない琴乃に苛立ったのか、彼の纏う空気が変わった。冷ややかに細められた双眸が、妖しく光る。

「——弟のためなら、何でもできるだろう？　嫌なら、契約を破棄しても構わない」

「……っ」

乱れた呼吸をどう解釈したのか。雅貴は小さく鼻を鳴らした後、琴乃の首筋に噛みついてきた。

「いくら契約上の関係だとしても、こんな時に別の男のことを考えられるのは面白くないな」

「男って……春馬は、弟です」

「だが、不愉快だ」

両手をベッドに押さえつけられてしまえば、琴乃はもう動けない。頭上に束ねられた腕は、もがくことさえままならなかった。彼は空いたもう片方の手で琴乃のキャミソールを捲り上げる。普段使いのいたって色気がない下着が晒され、琴乃は羞恥で意識が飛びかかった。

こんな展開は予測していなかったので、今日の服も下着も『動きやすく汚れても構わないこと』しか重視していない。シャツにジーンズという飾り気のない格好に、下着は更にシンプルだ。もっとも、誰にも見せる予定がなかった琴乃の下着は、どれもこれもよそ行きには程遠いのだが。

「へぇ。ある意味新鮮だな」

じっくり視姦《しかん》され、肌が粟立《あわだ》つ。薄く汗をかき、琴乃はこの辱《はずかし》めに必死で耐えた。

人の視線にはたぶん、温度がある。雅貴が今どこを見ているのか、確認しなくても伝わってしまった。

二つの膨らみからあばらにかけて。そこから臍《へそ》に至り、再び上へと。じりじり焦げるような熱さに炙《あぶ》られ、ただ見られているだけなのに眩暈に襲われた。

「実用的なのも嫌いじゃないが、次回からはもう少し扇情的《せんじょうてき》なものでも構わないな。下着は外商に話を通しておく」

「下着は間に合っています……」

どうせ服の下など他人からは見えないのだから、着飾る必要はない。瀬野尾家の新妻としての体裁《ていさい》に影響はないだろう。だから琴乃にとって買い揃える優先順位は低かった。支度金として彼から渡されたお金は、全て別のことに使っている。主にセレブな奥様に相応《ふさわ》しい必要最低限の服や靴だ。

雅貴に恥をかかせないことだけに主眼を置いて、分からないなりに勉強し嫁入り道具の一部としたのだが――下着は盲点だった。

「君の意見なんてどうでもいい」

ぴしゃりと言われ、琴乃は黙りこむ。買われた身であることを突きつけられた気分だ。改めて、この関係が対等ではなく、とても歪なものだと思い知る。だがもう後戻りはできない。

「……分かりました……」

「素直なのは、嫌いじゃない。それから、反抗心を隠しきれていないその眼も」

こめかみにキスをされ、耳に舌を捻《ね》じこまれた。直接注がれる水音に、背筋が震える。ぴちゃぴちゃと響くのは、琴乃がこれまで経験したことがない卑猥な音色だった。擽ったいのに気持ちがいい。重ならない感覚が、余計に混乱を運んでくる。

頭を振って逃れようとしていたはずが、いつしか小さく身体を震わせるだけになっていた。

「……ぁ、あ」

「身体の方が、素直だな」

飾り気のないブラジャーを上にずらされ、白い双丘《そうきゅう》がまろび出る。ふるりと揺れた胸の頂には、既に赤い実が色づいていた。

大きな掌に包みこまれた乳房《ちぶさ》が柔らかく形を変える。捏《こ》ねられる度に、琴乃の内側がじりじりと焦げついていった。

わざと頂を避けているのか、あと少しというところで躱され、少しずつ欲求不満が蓄積してゆく。緊張で強張っていた琴乃の身体は、幾度も高められはぐらかされる度に次第に力が抜けていった。

同時に、自分でも不思議だったが恐怖が薄れていく。長年琴乃を苦しめ捕らえ続けてきた悪夢が、消えかけているのを感じた。原因は何だろう。

もう何年も、どんなに穏やかそうな人でも、年配の人でも春馬以外の男性に触れられるのは苦痛だったのに、雅貴が相手ならば受け入れられる。多少の葛藤はあれ、吐き気や嫌悪を引き起こすほどではない。

今だって未知の感覚に怯えていても、嫌ではないのだ。

仮初《かりそ》めでも夫だからか。それとも。

「こっちを見ろ。本気で嫌ならそう言え。最低限考慮はする。やめはしないがな」

最低なのかそうではないのか、判断に困る台詞を吐いて彼は琴乃と視線を合わせてきた。黒曜石めいた瞳でじいっと見据えられると、心の奥底まで見透かされる気がする。眼を逸らしたいのに謎の強制力があり、琴乃は瞬きすら叶わなかった。

──もしかしたら、ぶつけられているものが似ていても本質が違うからかもしれない。

過去、琴乃を組み敷いたあの男は、自分の欲を満たすことしか考えていなかった。妄想の中に生き、琴乃は都合のいい受け答えをする人形に過ぎなかったのだ。だからこそ、あの男の意に添わない反応を示した際、激高したのだろう。

けれど雅貴は、横暴な言葉を吐きつつ一応琴乃の意志を無視せずにいてくれる。少なくとも人間として認識されている気がした。

琴乃の大人しく儚《はかな》げな見た目に騙されて、勝手な人物像を求めたりもしない。そこがとても好ましかった。

「ら、乱暴にはしないでください」

「女を力ずくでどうこうするのは嫌いだ」

心外だと眉を顰《ひそ》める表情は、澄ました顔と違って年齢よりも幼く見えた。琴乃が彼について知っているのは、名前と仕事。二十九歳という年齢。家族関係に食べ物の好き嫌いくらいしかない。

見合い相手だって、普通はもっと情報を持っているだろう。それなのに今日から夫婦として暮らそうとしているのだから、無謀としか言えなかった。

――大丈夫。男性恐怖症はもしかしたら治ったのかもしれない。あれからもう七年。知らないうちに傷が癒えていても、おかしくないわ。

「また考え事か。余裕だな」

しかし悠長《ゆうちょう》に自己分析できたのはここまで。琴乃は胸の飾りに走った甘い痛みに、背をしならせた。

「……や、ぁッ」

頂を摘まれ、強く擦られる。すっかり硬く立ち上がっていたそこは、雅貴の指に思うさま弄《もてあそ》ばれていた。

「ひ、引っ張らないでくださ……ぁ、あっ」

ゾクゾクと震えが広がり、下腹部が何故か収縮する。細い身体つきのわりに琴乃の胸は大きく、ずっとそれが嫌で堪らなかった。自意識過剰なのかもしれないが、殊更男性の視線を感じることが多かったからだ。

その為いつも露出が少なく、身体の線が出ない服を選んでいた。

下着で押さえつけ、できる限り目立たないよう心がけていたのに、今は惜しげもなく晒されている。あまつさえ好き勝手に揉みしだかれる光景は、衝撃的だった。

「いやらしい身体」

のしかかる彼が、吐息交じりに揶揄《やゆ》した。皮肉に歪んだ唇から、艶めいた舌が覗く。

「ひどい……」

「褒めているんだ。男にとっては、理想的なギャップだろう」

キャミソールとブラジャーを纏めて脱がされ、琴乃は上半身裸にされた。白い肌が桃色に染まり、うっすら汗が浮いている。羞恥に耐え、震えて睫毛を伏せる様がどれだけ男の欲情を煽《あお》るのかも知らず、赤い唇を引き結んだ。

「綺麗だな。誰にも踏み固められていない新雪みたいだ」

「早く、終わらせてください……っ」

「随分な言いようだ。まだ始まってもいないのに」

「え……っ？」

ジーンズのファスナーが下ろされ、脚から抜き取られる。残る琴乃を守る砦《とりで》はショーツ一枚。あまりにも弱々しい防御力に泣きたくなってくる。懸命に太腿《ふともも》に力をこめ脚を閉じようとしたが、彼に膝裏を取られ簡単に割り開かれてしまった。

「嫌ぁっ！」

一応まだ、下着は身に着けている。しかし他人の前で開脚するというあられもない格好に眦《まなじり》から涙が滲み、叫ばずにはいられなかった。

「やめてください！」

「断る」

今更だが、琴乃は雅貴がかなり意地悪であることを悟った。こちらが嫌がり泣き叫ぶほど、彼の機嫌はよくなっていく。心底楽しそうに、赤い舌が唇の端を舐めていた。まるで本当に、哀れな獲物を仕留める恍惚《こうこつ》を味わっているかのようだ。

「ああ、いいな……その怒りと羞恥が交じった表情。興奮する」

「駄目、アッ、あ」

ショーツの上から敏感な芽を探り当てられ、自慰行為《じいこうい》さえしたことがない琴乃は、鮮烈な快感に慄《おのの》いた。

こんな感覚は知らない。全身に熱い毒が回って、まともにものが考えられなくなる。雅貴が軽く爪弾く度に、琴乃の脚の付け根から快楽が生み出されていた。性的な淫悦を強制的に送りこまれ、なす術なく髪を振り乱す。長い黒髪が白いシーツの上でぱさぱさと踊り、卑猥な模様を描き出していた。

「んんっ……雅貴さん、やめて……っ」

「本当に何も知らないんだな。一つだけ教えてやる。こんな時にそんな声で男の名前を呼ぶのは、誘っていると解釈されても仕方ない」

「誘ってなんて……きゃぅっ」

ぐりっと強く花芯を押され、琴乃の爪先が丸まった。足指に引っかかったシーツに皺が刻まれ、ホテル並みに整えられていた新品の寝具が、早くも無残に乱されてゆく。

琴乃は涙で滲む視界を瞬きで振り払い、必死で息を整えた。

「も、もう許して……」

「怒られるようなことをしたのか？」

底光りする黒い瞳が、無慈悲に琴乃を見下ろしてくる。彼が普段かけている眼鏡は怜悧《れいり》さを強調していると思っていたが、実は逆なのかもしれない。真実は、この獣めいた本性を覆い隠すためのアイテムなのではないかと思った。

言ってみれば、ストッパー。外してしまえば理性の箍《たが》もなくなってしまう。そんな馬鹿げたことを考えてしまうほど、今の雅貴は獰猛な獣そのものだった。

「してませ……ひ、ぁ」

下着の縁から侵入した長い指が、琴乃の花弁をなぞる。自分でさえ碌《ろく》に触れたことがないが、ぬるりと滑る感触の意味くらいは知っていた。

「濡れている」

「……！」

たぶん、耳は真っ赤になっているだろう。脚の間に陣取られ、閉じられなくなった琴乃の両膝は小刻みに震えていた。ショーツはもう、用をなしていない。蜜を吸い色を変え、不浄の場所に張りついているのみだ。

頼りない布は脇に寄せられ、女の部分が彼の手で暴かれる。いっそもう全て脱がせてくれと懇願したくなるほどの恥辱《ちじょく》だった。

「う、やぁあ……」

「へぇ、薄いな。いっそ全部剃《そ》ってしまうか」

「何を……？」

琴乃は本気で分からず戸惑ったが、しばらく考え大事な部分の叢《くさむら》であると気がついた。

一般的な処理はしているけれど、『全部剃る』なんて選択肢は琴乃にはない。とんでもない提案に、慌てて上半身を起こした。

「嫌です……っ」

「ふぅん。じゃあ、それは追々」

「後になっても、お断りします」

冗談とは思えない雅貴の声音に、琴乃が猛然と頭を横に振っていると、彼は堪えきれないといった風情で噴き出した。

「……ふ、くくっ、本当に君を選んで正解だった。とうぶん楽しめそうだ」

からかわれたのだと分かり、悔しくなる。いくら琴乃が従う立場であっても、あんまりだ。内心の不満を隠せず、思わず雅貴に咎《とが》める眼差しを向けてしまった。

「いいな。プライドが高そうなその眼。媚《こ》びることをしない気高さを、めちゃくちゃにしてみたくなる」

だがそれは逆効果だったらしい。

陶然《とうぜん》とした面持ちで、彼が琴乃の頬を撫で上げた。辱める言葉とはまるで違う、優しいキスを贈られたのは額。抱えられたままの両脚が折りたたまれ、少し苦しい。身じろいだ瞬間、最後の下着が琴乃の脚から抜き去られた。

「あっ……」

あらぬ場所に空気の流れを感じる。先刻まで胸を炙っていた視線が、臍の下、脚の付け根へと注がれているのが分かった。ぶるぶると震える太腿は大きく開かれ、琴乃は生まれたままの姿で横たわっていた。

「見ないで……」

弱々しく頼むことしかできず、新たな涙が溢れてくる。無力で無防備な我が身を持て余し、琴乃は自由になっていた手で自分の顔を覆った。せめて、現実から逃避したい。だが淡い願いは容易《たやす》く壊されることになる。

「駄目だ。顔を見せて。……弟のためなら、どんなことでも耐えられるだろ？」

脅《おど》し文句は、無駄に優しく囁かれた。琴乃の耳朶に唇を寄せ、話す度に雅貴の吐息が肌を撫でる。産毛《うぶげ》をそよがせるささやかさが、尚更劣情を煽ってゆく。琴乃の弱点を的確に射る台詞に、抗えるわけもない。

「こっちを見ろ」

駄目押しの命令を受け、琴乃はゆっくりと己の支配者を見上げた。

「健気《けなげ》な妻で、嬉しいよ」

笑顔だけなら、大方の人間が見惚れるものかもしれない。多くの女性が心奪われても不思議ではない。だが、琴乃の中には警戒警報しか鳴り響かなかった。これは危険だと、身の内から叫ぶ声がする。喰らわれてしまえば、もう逃げられない。いや既に自分は檻《おり》に囚われていた。それも、自ら足を踏み入れて。

「……ぁ、やぁっ……」

わざと眼を合わせたまま、彼は琴乃の乳房に舌を這わせた。指とは違う生暖かく柔らかな感触が、たわわな実の頂点に色づく突起に絡みつく。歯で甘噛みされ、口内に吸い上げられて、琴乃は眼を見開いて小さく喘いだ。

「ふ、んっんん……ひ、ぁんッ」

自分で触れても何も感じないのに、何故こんなにも鋭敏になっているのだろう。はしたない声は一向に抑えられず、どんどん漏れ出てきてしまう。口を塞《ふさ》ぎたくても、顔を隠す真似は許されなかった。

琴乃の反応をつぶさに観察しながら、雅貴は的確に追い詰めてくる。甲高《かんだか》く鳴いてしまえば重点的にそこを責められ、どうにか声を呑みこんでも、ヒクヒクと身を震わせてしまえば同じことだった。

時間をかけたっぷりと苛《いじ》め抜かれた乳房には、いくつも赤い花が咲いている。頂は可哀《かわい》想《そう》なほど赤く熟《う》れ、彼の唾液に濡れ光っていた。

「いずれここだけで達せそうな乱れっぷりだな」

褒められているのか貶《けな》されているのか、もう分からない。琴乃の頭の中はドロドロに蕩《とろ》けて、まともな思考は働かなくなっていた。とにかく、身体の奥底が熱くて仕方ない。外に発散しなければ、燃えてしまうのではないかと不安になる。

渦巻《うずま》く嵐を鎮《しず》める方法を知らない琴乃は、愚かにも眼前の男に救いを求めていた。

「雅貴、さんっ……」

「……っ、だから、そういう声で名前を呼ぶのは逆効果だと教えただろう」

腹立たしいほど冷静さを崩さない彼が、溜め息を吐く。熱く湿った吐息が琴乃の前髪を揺らし、余計に愉悦の波が大きくなった。

敏感になった肌を、雅貴の指先がなぞってゆく。脇腹から腰骨を通り過ぎ、辿り着いた左太腿を彼の肩に担ぎ上げられる。すると琴乃にとって最も秘すべき場所が完全に曝け出されてしまった。

「……ぁあ……」

煩く暴れる心臓が破裂しそうだ。あられもなく脚を開いて、名ばかりの夫に身を任せる。大きすぎる羞恥のせいか、幸いにも恐怖は薄れていた。琴乃がきつくシーツを摑むと、雅貴はおもむろに二本の指で花弁を押し開いた。

「ひ、ぅ」

「流石にきつそうだ。何度かイけば解れるかな」

「い、いく？　解れる？」

聞き慣れない単語をオウム返しに言えば、彼の指が泥濘《ぬかるみ》に沈んだ。

「あッ……」

何物も受け入れたことがない隘路《あいろ》は、指一本でも大きな違和感を伝えてきた。ごく浅い場所を数度往復され、入り口がピリピリとした刺激を訴える。反射的に上へ逃げた琴乃の身体は、あっさり引き戻されていた。

「暴れるな」

「だって、そんなところ……っ」

「きちんと準備しないと辛いのは、そっちの方だ」

ちゅくちゅくと淫らな水音が掻き鳴らされる。自分の身体から卑猥な蜜が溢れているのかと思うと、尚更琴乃の頭は煮えたぎっていった。口ではどんなに否定しても、身体は雅貴に屈服しかかっている。

内壁を擦られ、紛《まぎ》れもなく快楽が生み出されて、理性は霞《かす》んでいた。

「ぁ、あ……ゃ、あっ」

ゆったりと抜き差しされていた人差し指が、どんどん深く埋められてゆく。その度に粘着質な淫音は大きくなり、琴乃の鼓膜を揺らした。

腹がうねり、仰《の》け反《ぞ》った拍子に乳房が揺れる。儚い抵抗では意味をなさず、彼の指が内壁を引っ掻いた。

「ふ、あっ、あぁあ……っ」

掻き出された愛液が琴乃の脚を伝い、敷布に滲んでゆく。もはや違和感よりも快楽に天秤《てんびん》は傾いていた。

二本に増やされた指が中で曲げられ、琴乃の内側で蠢《うごめ》いている。ねっとり擦られても、ばらばらに動かされても気持ちがいい。同時に卑猥な芽を親指で潰され、琴乃は呆気なく高みに押し上げられた。

「あぁっ、あー……っ」

四肢が強張り、息も吸えない。指先が勝手に踊り、爪先は無様に宙を掻いていた。

相変わらず疾走する心臓は、まるで激しい運動をした直後のようだ。弛緩《しかん》しシーツに落ちた琴乃の脚を、雅貴は優しく摩ってくれた。

「その顔、堪らないな。思わず本気になる」

「あ、待って……」

ぐったりとしていた琴乃は、再び脚を広げられ驚愕した。何故なら、股の間、とても近い距離に彼の顔がある。一番誰にも見られたくない部分を、鼻が触れてしまいそうな近さで覗きこまれていたのだ。

「嫌っ」

「さっきから『嫌』とか『駄目』とか否定ばかりだな。こんなに気持ちよさそうにひくつかせているくせに」

「あ……あ、やめ……」

達したばかりで力が入らない琴乃には、精々《せいぜい》身を捩《よじ》る程度のことしかできなかった。萎えた手足で逃げようにも、ずり上がることさえ難しい。そもそも腰を捕らえられ、動きは封じられていた。

「う、嘘」

「いつもなら、ここまでしない。感謝しろ」

「あ、ああっ」

雅貴の舌が伸ばされる。すっかり濡れそぼち、いやらしく打ち震える琴乃の襞《ひだ》に。

「汚いですからっ……きゃ、ぅあッ」

硬く膨れた淫芽をキャンディーのように転がされ、時折不規則に吸い上げられる。先ほど胸の飾りに施されたのと同じことをされている。違うのは、今は彼の頭しか琴乃から見えないこと。それ故に次に何をされるのか恐ろしく、同時に興奮が高まっていた。

「ふ……ぁ、あ……あひっ」

じゅるっと耳を塞ぎたくなる淫らな音がする。けれど恥ずかしいと思えば思うほど、琴乃の下腹は熱くなっていった。氷が溶け出すように、滴る蜜も増えてしまう。自分でも認識できるほど溢れた滴は、とめどなく流れ落ち下肢を濡らしていた。

「気持ちよさそうだな」

「そこで喋らないでください……っ」

僅かな風でさえ、愉悦の糧になる。親指と人差し指で花芽を扱《しご》かれれば、もうひとたまりもなかった。

「あっ、ああ……」

神経が集中する突起を捏ね回され、舌でも嬲《なぶ》られて、琴乃の世界は飽和《ほうわ》した。音も光も消え失せて、快楽の海に投げ出される。蜜口に侵入した舌は、指のように奥までは入ってこない。けれど雅貴の高い鼻梁に淫芽を潰され、琴乃は二度目の絶頂に達した。

「んっ、あ、ぁ……」

息が苦しい。あり得ない速度で全身に血が巡る。もう頭が破裂してしまうのではないかと思うほど、ぐるぐる世界が回っていた。

指一本動かす気力のない琴乃は、だらしなく弛緩したまま彼のキスを内腿に受ける。いや、キスなんて可愛らしいものではない。点々と刻まれるのは、所有の印だ。琴乃の白い肌に赤い痣《あざ》は映えるのか、雅貴はご機嫌な様子で次々に痕《あと》をつけていた。

「……見えるところは、やめてください……」

掠れた声をどうにか紡《つむ》げば、さも楽しそうに彼が笑う。

「妻のこんな場所を、他の男に見せる気はない。それとも琴乃はミニスカートでも穿《は》いて、僕以外に金を都合してくれそうな男を誰彼構わず誘惑するつもりか？」

ヒヤリとする声音で問われ、琴乃は重い頭を左右に振った。

「ち、違……」

「その件は改めて後で話し合おう。とりあえず今は、もう一回くらいイっておくか？」

「……！　いいえ、もうっ……！」

これ以上されては、おかしくなってしまう。勘弁してほしいという願いをこめ、琴乃は涙目で雅貴を見つめた。

「もう大丈夫ですから、早く……」

終わらせてほしいという意図で口にしたが、どうやら別の意味で伝わってしまったらしい。僅かに眼を見開いた彼の頬が、薄く朱に染まっている。それを恥じるかのように前髪を掻き上げた雅貴は、やや乱暴な仕草でシャツを脱ぎ捨てた。

見事に割れた腹筋が眼に飛びこんできて、次に瞠目《どうもく》したのは琴乃の方だ。鍛《きた》え上げられた肉体に驚き、言葉も出ない。春馬とはまた違う、しなやかで無駄のない身体。服の上からでは細身に見えたが、直に眼にすると息を呑むほど美しかった。

「……そんなにジロジロ見られると、流石に照れる」

自分は散々琴乃の裸体を検分したくせに、いけしゃあしゃあと宣《のたま》う彼が恨めしい。しかし凝視してしまった自覚があるため、琴乃は慌てて眼を逸らした。

「お、お医者さんって鍛えていらっしゃるんですね」

「ああ……人によると思うが、体力勝負の面もあるからな。僕は休みの日はジム通いが趣味だし」

「そ、そうですか……」

初めて知る情報だが、上手く頭に入ってこない。琴乃の眼に焼きついてしまった雅貴の上半身が、瞼の裏にちらついて離れなかった。

横を向き、少しでも冷静になろうとする琴乃の耳に、カチャカチャという金属音が響く。ベルトのバックルを外す音だと気づいた時には、全て脱ぎ捨てた彼が膝立ちになっているところだった。

「ひっ……」

蜜口に、硬いものが押し当てられる。それが何かなど、考えるまでもない。びしょ濡れの花弁を数度擦られ、括《くび》れに花芯が弾かれた。収まりかけていた快楽が再び火力を取り戻す。にちゃにちゃと捏ねられて琴乃は切ない声をあげた。

「ふ、ァっ、それ駄目っ……」

「君の駄目は本心じゃないから、これからはもっとしてほしいというおねだりだと解釈しよう」

「あっ、ゃあんっ、違……！」

否定の言葉を吐くほど、嘘臭くなる。琴乃の願いとは裏腹に、身体は貪欲に喜んでいた。知ってしまった喜悦を求め、期待に打ち震えている。だらしなく蜜をこぼし、はしたなく続きを希《こいねが》っていた。

「極力痛みが少ないように、もっと時間をかけてあげようかと思ったが、堪らないな……悪いがもう限界だ。恨むなら、僕を煽った自分にしてくれ」

「んっ、ぁ、あ」

グズグズに蕩けた入り口を、指とは比べものにならない質量でこじ開けられた。いくら充分に解されていても、限界まで広げられて苦しい。何より無垢《むく》な粘膜を擂り上げられ、琴乃は悲鳴をあげた。

「……いっ……ゃぁッ……」

痛い。身体を真っ二つに引き裂かれるかと思った。とても容量が合わないものが、容赦《ようしゃ》なく侵入してくる。拒もうとして伸ばした琴乃の手は、雅貴の指に絡ませられてシーツに張りつけられた。

「……っ、きつい。息を吐いて」

「無理……っ」

呻きながら一言返すだけで精一杯だった。吐くどころか吸うことさえできない。胸は忙しなく上下しても、全く酸素が入ってこなかった。まるで呼吸の仕方を忘れてしまったみたいだ。どうにもならず、琴乃の目尻から涙だけがこぼれ落ちる。

「……じゃあ、せめてこっちを見て」

瞼に落とされたキスに促され、固く瞑《つぶ》っていた眼を開く。涙に滲む視界では、眉間に皺を寄せた彼が肩で息をしていた。

滴る汗が、ぽつりと琴乃に降ってくる。とてもセクシーで綺麗だと、一瞬見惚れていた。

近づいてくる雅貴の顔を避けようとは思わない。ごく自然に唇を重ねられ、覚えたての深いキスを交わす。琴乃は彼の舌を自身の口内に迎え入れ、たどたどしく絡め合った。

頭の芯がぼんやりする感覚に、たぶん自分は雅貴との口づけが嫌いではないのだと自覚する。他人との唾液交換なんて気持ちが悪いに決まっていると思っていたが、口腔に施される愛撫は心地好かった。

思考が蕩けうっとりとし、粘膜を擦りつけ合って、唇で挟みこむ。夢中で舌の追いかけっこに興じていると、下腹の激痛は僅かに薄れていた。

「ん、ぅ……ん」

「そのまま……力を抜いていて」

硬く熱いものが琴乃の内壁を割り開いた。ピタリと閉じていた隘路を削り取るように、彼の強直が埋められてゆく。琴乃が痛みに歯を食いしばれば、雅貴の指先が快楽の芽を摘まみ上げた。

「ひゃ、ぅっ」

「……可愛い声。もっと聞かせろ」

くりくりと花芽を擦られるのも気持ちよかったが、囁かれた言葉に、琴乃の内側が反応していた。愛情の伴わない睦言《むつごと》だとしても、滴る色香と共に注がれれば媚薬になる。彼の弾む息にも炙られて、どんどん愉悦が大きくなった。

「ぅ、ぁ、あ……」

「覚えがいいな、琴乃は。もう僕の形に馴染《なじ》もうとしている」

濡れた柔肉《やわにく》を掻き分けて、雅貴が最奥に達した。これ以上は無理という証拠に、二人の腰が隙間なく重なっている。琴乃は信じられない気分で、大きく喘いだ。

――あんなに大きなものが……

彼のものを見てしまったのはほんの一瞬だったが、凶悪な残像が眼に焼きついている。

とても全てを受け入れるのは無理なのではないかと思ったけれど、杞憂《きゆう》であったらしい。

確かに未だ痛くて仕方ないが、耐えられないほどではない。どうにか呼吸の仕方も思い出し、琴乃は緩く息を吐いた。

「……は、ぁ……」

艶めいた己の声に自分でも驚いた。

苦痛だけではない感覚が、じわじわと大きくなる。戸惑う琴乃をよそに、雅貴がゆっくりと動き出した。

「……ぁ、アッ」

「悪いが、少し我慢してくれ」

突かれる痛みは、花芽を転がされることで快楽に上書きされた。繰り返されるキスもあり、琴乃の強張っていた身体から力が抜ける。すると彼は次第に動きを速めていった。

「あっ、ぁ、あぅっ……あひっ」

ぐちゅぐちゅと貫かれ、愛蜜が掻き出される。肌と肌がぶつかる乾いた音とあいまって、いやらしい音色が室内に充満していた。上下に揺れる琴乃の視界の中で、凄絶な色香を放つ雅貴が抱えた琴乃の脚に噛みつく。また一つ、所有の証が刻まれた。

「やぁっ……」

「約束通り、ちゃんと見えないところだ」

それにしたって、歯型なんてひどい。しかし琴乃の抗議は、荒々しく突かれたことで霧《む》散《さん》してしまった。

「……ぁあッ、ん、ぁあーっ」

最奥に彼の屹立《きつりつ》が密着したまま円を描かれ、眼前に星が散る。痛みと紙一重の快楽に、もう何も考えられない。腹の中を掻き回され、肉洞を擦り上げられて、琴乃は鳴き喘ぐことしかできなくなっていた。

もはやまともな言語など何一つ出てこない。意味をなさない嬌声《きょうせい》だけが、留まることなく漏れてゆく。

縋るものが欲しくてシーツに爪を立てれば、雅貴の背中に手を回すよう促された。

「しっかり摑まっていろ」

「ん、ぁあ……ああ……」

琴乃の媚肉《びにく》が彼の昂《たかぶ》りを食い締める。引き抜かれればねだるように追い縋り、押しこまれれば更なる奥へと誘っていた。はしたない女の本能を嘲笑《あざわら》うかの如《ごと》く、絡みつく蜜壺《みつつぼ》を雅貴に穿《うが》たれる。

「ひぃッ……激し……っ」

「琴乃……っ」

名前を呼ばれると、全身に甘い痺れが湧き起こる。琴乃の内側にもそれは響き、無意識に雅貴の肉竿を舐めしゃぶっていた。

「あ……ぅ、あぁ……あっ」

はっきりと彼の形が伝わってくる。同時に、雅貴の質量がぐっと増したことも。

これまでよりも大きな波に浚《さら》われる。はるかな高みに押し上げられ、琴乃は喉を晒して達していた。ビクビクと全身が痙攣《けいれん》し、無防備になった子宮に熱液が注がれる。初めて胎内を濡らされる刺激に、もう一度琴乃は絶頂に達した。

「……ぁ、あ、中に……」

「……っく……悪い。余裕がなかった。次回からは避妊する」

息を荒らげた彼の言葉に子供を望んでいないことが察せられ、心のどこかで何かが冷えるのを感じた。分かっていたはずのことが、痛みとなって胸を突き刺す。この行為は、愛情故ではない。

——そういう『契約』でしょう？　傷つく方が、厚かましいわ……

肌を重ねている間雅貴が優しかったから、勘違いするところだった。気を引き締めねばと己に言い聞かせ、琴乃は息を整える。

これは義務。職務の一環に過ぎない。愛情を求めるなと最初に釘を刺されたではないか。

「初めてなのに、無理をさせて悪かったな。あんまり初心で可愛い反応をするから、抑えきれなかった。次からはもっと自重する。シャワーを浴びるか？」

どうやら次があるらしい。まだ飽《あ》きられていないことに安堵して、琴乃は重い腕を持ち上げた。

「……まだ動けそうもないので、このまま少し休みたいです……」

「そうか。じゃあゆっくりしているといい。僕は汗を流してくる。ああ……この寝室は君が自由に使ってくれ」

言うなり雅貴はベッドから立ち上がった。

「え？　雅貴さんは？」

「僕は書斎で眠る。他人が傍にいると熟睡できない。万が一僕の両親が訪ねてきた時に怪しまれないよう夫婦の寝室らしくしてくれればいいから」

——他人……

さも当然とばかりに言い捨てて、彼は部屋を出ていった。一人残された虚しさと寂しさに痛む胸から眼を逸らし、琴乃は深く長い息を吐く。

大事なものを、失った。しかしそれは春馬や祖母と比べれば、些末なものだ。それでも、割り切るには時間が必要だった。家族に知られれば、きっと傷つけてしまう。もしかしたら、軽蔑される恐れもある。契約結婚と言えば聞こえはいいけれど、身売りとたいして変わらない。

優しいかと思えば次の瞬間には突き放され、雅貴との距離感が測れず苦しい。

琴乃はベッドの中で小さく丸まり、自分の身体を抱きしめた。

「……寂しい、な」

独りぼっち。ここは慣れ親しんだ祖母の家でもなければ、大切な家族も傍にはいない。今更、本当にこれでよかったのか迷う心に蓋をする。もう後戻りはできない。肌には先ほどまでの熱が残っているのに、ひどく寒さを感じるのは何故だろう。後悔しているとは認めたくなくて、琴乃はそっと眼を閉じた。


——これは夢だ。

琴乃は自分が紺のブレザーとチェックのスカートを身に着けていることに気がつき、周囲を見渡した。

懐かしい高校の制服。可愛いと近隣の学校でも評判で、制服に憧れて受験する子もいたくらいだ。偏差値はなかなか高く、その点でも志望する理由になっていたのかもしれない。琴乃も、この制服を着たいがためにかなり頑張って受験した。

——だけど、せっかく受かったのに通えたのは二年に満たなかった……

七年前。琴乃は十七歳の高校二年生だった。一度も染めたことがない長い黒髪が清楚に見えるのか、大人しく控えめと思われがちな、どこにでもいる女子高生。

再婚でも、仲のいい父と義母。血は繋がっていないが、本当に弟だと思っている可愛い春馬。

幸せだった。学生生活は充実していて、友人も沢山できた。勉強はちょっぴり大変だったけれど、毎日楽しくてキラキラと輝いていたと思う。

平凡な日常が狂い始めたきっかけはいつからか、よく思い出せない。

しかし思い返してみれば、無言電話が増えてきたことが、合図だったのかもしれない。最初は自宅の固定電話に一日一回程度。次第に頻度は増え、最終的には琴乃の携帯電話に何度もかかってくるようになっていった。

誰かに嫌われてしまい、苛めのターゲットにされたのだろうかという悲しみが、恐怖に変わるのに時間はかからなかった。

監視されているらしく、帰宅と同時に鳴り出す電話。気味が悪くて、夜外に出られなくなった琴乃が、深夜眼を覚まし、自分の部屋をじっと見上げる男の人影に気がついたのもこの頃。

郵便物やゴミが荒らされ、時には持ち帰られた形跡もあった。

常に誰かに見張られているストレスで食欲は失せ、もともと細かった琴乃の身体は更に痛ましく痩せていき、家族全員陰鬱《いんうつ》な空気に沈んだ。

勿論、警察には相談した。けれど返されたのは何とも頼りない反応だ。『民事不介入』『痴情の縺《もつ》れ』果ては『自意識過剰』とまで嘲られた。

いくら父が抗議しても、母が被害を訴えても、これといった実害がないのだから警察は手が打てないらしい。精々パトロールを強化すると軽くあしらわれただけだった。ストーカーという言葉は知っていても、まさか自分に降りかかってくるとは夢にも思わなかった当時の自分を叱りつけたい。

もっと琴乃がしっかりしていたら、春馬に怪我を負わせることにはならなかったのに。父に転職を強《し》い、母に引っ越しの苦労をさせることもなかった。

後悔は尽きない。琴乃に何も非はないと親しい人たちは慰めてくれたが、拭い去れない罪悪感は今でも心の根深い場所に巣くっている。

自分なりに充分警戒していたし、決して一人にならないよう心がけてもいた。しかし二十四時間三百六十五日気を張っていることなど不可能だ。

その日は当時一番仲がよかった友人の誕生日を何人かで祝い、帰りが予定よりも遅くなった。駅まで迎えに行くから待っていてと言ってくれた春馬の申し出を断ったのは琴乃。夏の十七時はまだ明るい。部活に打ちこんでいる弟の、練習の邪魔はしたくなかった。

この三週間ばかり無言電話が途切れていて、もしやターゲットではなくなったのではないかと期待も抱いていた。

人通りの多い大通りを歩けば大丈夫と、楽しかったパーティの余韻も手伝って強気に豪語し、意気《いき》揚々《ようよう》と帰路についたのだから本当にどうしようもない馬鹿だ。

今なら分かる。

あの男は、ずっと機会を狙っていたのに。

息を殺して、気配を消して。琴乃が無防備になる瞬間を、何日も何週間も何か月も待っていたのだ。あいつにとって、待つのは苦ではなかったらしい。ただひたすら、間抜けな獲物が一人になる瞬間を心待ちにしていた。その時間さえ、妄想を育てるのに役立っていたに違いない。

住宅街でも人目が途切れることはある。死角となる路地。戸締まりしてしまえば、外の騒音など、家の中には届かない。

あと少しで家に辿り着くという地点で、狭い道に停まる車が邪魔だな、と琴乃は眉を顰めた。せめてあの時、異変を察して引き返していれば。もしくは誰かに電話をし、助けを求めていたら。

全て遅いが、違う未来があったのにと悔やまずにいられない。

車の横を通り過ぎようとした時、バンのドアがスライドした。中から太い男の腕が伸びてきて、『あ』と思った瞬間には、琴乃は車内に引き摺りこまれていた。

あの瞬間の恐怖は筆舌に尽くしがたい。

喉が干上がり悲鳴も出ない。全身が戦慄き手足に力は入らなかった。

夕闇の中、のしかかる太った男の顔は影になって見えなかった――いや、思い出したくないだけなのかもしれない。

詳しく思い出そうとすると、今でも琴乃の頭は激しく痛むし、吐き気がこみ上げてくる。腐臭に似た男の体臭が、鼻の奥に漂う気もする。興奮しきった息を吹きかけられ、怖気《おぞけ》が走る感覚を追体験しそうになった。

ガムテープを取り出した男に抵抗して琴乃が暴れると、強《したた》かに頬を殴られ、罵声《ばせい》を浴びせられた記憶がある。だが内容は覚えていない。生まれて初めて拳で殴られて、ショックのあまり硬直していた。

暴力は、人の心を簡単に砕く。このままではもっとひどい目に遭うかもしれないと分かっていても、命の危機に瀕《ひん》すれば、恐ろしさで動けなくなってしまうのだ。

琴乃が大人しくなったことに満足したのか、男は琴乃の手首と足首をガムテープでぐるぐる巻きにし、念入りに口を塞いだ後、運転席に移動した。

こいつが自分をつけ狙っていたストーカーだと察しても、もはや何もできない。芋虫状態で放置された琴乃は震えるだけの無力な獲物だった。

――嫌っ……お願い、誰か助けて――

エンジンがかけられたその時。

「琴乃！」

覚醒を促す声に、琴乃の意識は浮上した。過去の夢から強制的に現実へ引き戻され、上手く頭が働かない。ドクドクと心臓が鳴り響き、全身に嫌な汗をかいていた。

「あ……」

「随分うなされていた。大丈夫か」

サラサラの前髪を無造作に垂らした男が、こちらを覗きこんでいる。一見無表情に見える黒い瞳には、僅かに心配そうな色が浮かんでいた。

「私……」

「起きられるか？」

一瞬、ここがどこで彼が誰なのかが分からなかったが、鼓動が平素のリズムを刻み始めると、冷静さを取り戻してくる。琴乃はのろのろと起き上がり、悪夢の残滓《ざんし》を振り払った。

あれはもう、とっくに終わったことだ。今はもう、全て解決した過去のこと。

「嫌な夢を見たのか？」

「……はい」

肯定を示したが、詳しくは語らず琴乃はベッドから降りた。汗をかいているのに身体の芯は冷え切ってしまった不快感がある。シャワーを浴びようかと思案していると、眠る前にはあった両脚の間のぬめりが消えていることに気がつく。しかも、大きなTシャツを一枚身に着けていた。

「ああ、僕の服を勝手に着せた。夫婦といえど、勝手に君の荷物を漁《あさ》るわけにはいかないし。ついでに気持ち悪そうだったから簡単に拭わせてもらった」

「あ、ありがとうございます」

寝ている間に色々されたのは恥ずかしいが、彼の心遣いは嬉しかった。起き抜けに汚れたままの裸では、琴乃は居た堪れなかったかもしれない。

「食事にするか？　もうすぐできるが」

「あっ、オムライス……！　え、作ってくれたのですか？」

途中まで下ごしらえはしていたが、あんなことがあったので完全に放置していた。時計を見ればもう二十一時を回ろうとしている。

「ごめんなさい、私……すっかり眠ってしまって」

「構わない。半分は僕の責任だ」

座って待っていろと言われたが、流石に申し訳ないので琴乃は飲み物とサラダを用意した。手際よく卵を焼いた雅貴が、ケチャップライスの上に盛りつける。トロトロの卵が綺麗に広がり、とても美味しそうだ。

「料理……上手なんですね」

「一人暮らしをしていれば、多少はできるようになる。ただ、面倒だしほとんどしない」

彼は謙遜《けんそん》したが、きっともともと筋がいいのだろう。いくら練習しても、レストランで出されるような見事な仕上がりには、なかなかならないものだ。

家政婦として一番大事な仕事は料理と思っていただけに、琴乃は申し訳なくなった。初《しょ》っ端《ぱな》から大失態だ。雇用主に作らせて、自分は長々寝こけていたなんて。

「……これほどの腕前があれば、ますます結婚の必要性がなさそうですね」

「まぁ、煩わしいことと天秤にかければ、妻などいらないという結論に至るな……食べないのか？」

「い、いいえ。いただきます」

正面に座った雅貴が、眼鏡越しにこちらを見る。琴乃は慌ててスプーンを口に運んだ。

「……美味しい……！」

お世辞ではなく、思わず口をついた称賛だった。甘さと酸味が丁度よく、卵がトロリと溶けてゆく。中の具材はシンプルなのに、バターの香りが食欲を誘った。単純だが、眠る前ベッドに一人残された侘《わび》しさが癒される心地がする。

「ならよかった」

平板な声で相槌《あいづち》を打った彼は、無言で食事を続けていた。あまり食べながら話すタイプではないらしい。そう言えば義父母との顔合わせ以来、食事を共にしたことはなかった。

――私、本当に何も知らない相手と結婚したんだな……でも頑張ろう。春馬とお祖母ちゃんのためだもの。

「——さっきは、どんな夢を見ていたんだ？」

琴乃が黙ってオムライスを咀嚼《そしやく》していると、雅貴が問いかけてきた。聞くタイミングを計りかねていたのか「言いたくなければ別にいい」と告げられる。

琴乃は少し迷い視線をさまよわせたが、最終的には正直に打ち明けることを決めた。この話を他人にしたことは一度もない。しようとも思わなかった。けれど彼には言っておくべきだという気がしたのだ。仮にも、夫なのだから。

「……昔、高校生の頃……ストーカー被害に遭ったんです。実害がないと何もできないと警察に言われて、随分怖い思いをしました」

「ああ……——だから、男が苦手なのか」

一瞬言葉に詰まった彼が顎を引き、スプーンを皿に置いた。手で口元を押さえ、視線を泳がせる。

不快に、思われたのだろうか。

男性の中には、被害者であるはずの女性を非難する者がいることを、琴乃も知っている。何故もっと自衛しなかったとか、誘ったのではないかと的外れに騒ぎ立てるのだ。雅貴もそういった考えを持つ人なのかと悲しくなる。

言わなければよかったと思い、琴乃は下を向いた。

「……そういうことなら、もっと優しくしたのに。強引にして、悪かった。許してほしい」

「……え」

まさか謝罪されるとは思わず、琴乃は顔をあげた。すると、どこか消沈した様子で彼がこちらを窺ってくる。

「いや、拒絶しにくくしたのは、僕の方だな。すまなかった。以後気をつける」

「あ……いいえ。雅貴さんは優しくしてくださいました」

「だが、僕とのセックスが原因で過去を思い出し、悪夢を見たのだろう?」

確かにその可能性は否めない。最近は夢にうなされる頻度は減っていた。今日は久し振りで驚いたくらいだ。

「環境が変わったせいだと思います。雅貴さんのせいではありませんよ。私だって本当に嫌だったら、死に物狂いで抵抗します」

彼が責任を感じる必要はない。むしろ男性恐怖症克服の手助けをしてくれたようなものだ。今こうして穏やかな気分で雅貴と向かい合えているのだから、何も問題はなかった。

「……ストーカー被害は完全に解決したのか?」

「はい。……相手の人は、入院しましたから」

この先を語るのは、少し辛い。琴乃はコーヒーで喉を湿らせ、言葉を紡いだ。

「車で拉致《らち》されそうになったのですが、間一髪春馬が助けに来てくれました。私の帰りが遅いことを心配して駅まで迎えに行こうとした途中、停車している不審な車両の傍らに、私の学校指定のローファーが落ちているのを見つけたそうです」

車窓はスモークフィルムが貼られ、中が見えない仕様になっていた。しかし、弟にはピンとくるものがあったらしい。犯人の男が焦るあまり鍵をかけずにいたことは、幸運だったと言える。車のドアを開いた春馬は、男を引き摺り出し琴乃を助けてくれたのだが——

「……犯人はナイフを所持していました」

今でも思い出すと、胸が潰れそうだ。

いくら年齢のわりに春馬の体格がよくても、当時まだたった十四歳。中学二年生の少年に、大人の男を制圧できるわけがない。しかも相手はかなりの巨軀《きょく》で、刃物を持っていた。それでも弟は怯まず立ち向かってくれたのだから、いくら感謝しても足りない。

あの夕暮れ。普段なら、夕食の匂いが漂う平和な住宅街に不釣り合いな雄叫びがあがった。激高した男が奇声をあげながらめちゃくちゃにナイフを振り回し、春馬に襲いかかったことを覚えている。拘束された琴乃は、見ていることしかできなかった。

大切な弟の左脚に煌《きら》めく刃が突き立てられる光景を。なす術もなく。

「あの子が怪我をしたのは、私のせいなんです。せっかく陸上で有望な選手だと言われ始めていたのに……」

「……何故、警察沙汰にならなかった？　悪いが結婚するにあたって君の家のことは最低限調べさせてもらった。君たちの両親が事故で亡くなったことも、弟さんと血が繋がっていないことも把握済みだ。だが、ストーカー事件については耳にしていない。傷害罪で告訴しなかったのか?」

「犯人の男が、父の勤める会社の……社長さんの息子だったんです……」

示談にしてくれれば悪いようにはしないと、伊川家の玄関で土下座した社長に、当初両親は断固拒否の姿勢を見せた。だが琴乃の経歴にも傷がつくと言われ、態度を軟化させたのだ。

琴乃に実害は、なかった。しかし周囲はそう見てくれるだろうか? 性犯罪の被害者に好奇の目が向けられることは知っている。謂れのない迫害を受けることも。後々のことを考えれば穏便に済ませた方がいいのではないかと説得され、両親はさぞ悩んだことだろう。『息子は厳しく監視して、二度とお嬢さんには近づけない』『治療費は全額負担し、慰謝料も払う』『何なら姉弟とも今後の就職に便宜を図ろう』『勿論、君にもそれなりのポストを用意する』

父が甘言に惑わされたとは思わない。いくら好条件を提示されたところで、娘に恐怖を植えつけ、息子に大怪我を負わせた相手を見逃すなど決してしない人だと信じている。母も同じく高潔な人だった。

だが刑事事件にして裁判を起こしたところで、失うものが大きすぎる。犯人は当時二十歳になったばかりな上、精神的な病を理由にして罪に問われない可能性は高かった。そうなった場合、残されるのは無責任な噂だけだ。

春馬が過剰防衛と言われるほど相手の男を殴りつけたのも、原因の一つかもしれない。

結局父は退職を選択し、家族揃って引っ越すことになった。

友人も、慣れ親しんだ家も、築き上げた生活も全て捨てさせたのは琴乃だ。あんな事件さえなければ、今も家族四人で幸せに暮らしていたのかもしれない。そうだ。住む場所が変わっていなければ、両親が事故に遭った日、あの道を通ることもなかった。

「――私には、犯人と顔を合わせた記憶は全くありませんでした。後で聞いたら、一度人ごみでぶつかり、私が『ごめんなさい』と微笑んだことがあったそうです。だから、相思相愛のはずだって……」

男は勝手に運命の相手を見つけたと思いこみ、後をつけ素性を調べ上げたらしい。その粘着質な妄想には戦慄しかない。

「もし私が、へらへら笑ったりしなければ――」

「琴乃は悪くないだろう」

何度も数えきれないほどした自問自答を再び繰り返そうとした琴乃は、雅貴の言葉に一瞬呆けた。これまでも、何人もの人が言ってくれたにもかかわらず胸に届くことがなかった言葉だ。しかし今は、不思議と心に響く。

「それに、結果論だ。今更とやかく言っても始まらない」

「でも」

「考えるだけ無駄だと思わないか。悩んでいれば過去が変わるのか？　気分が晴れるのか？　何も影響しないなら、時間が勿体ない。少なくとも今、君の弟は立派に成長して手術を受ければ足だって問題なくなる。琴乃も無事ここにいる。それでいいじゃないか」

雅貴に淡々と言われ、琴乃は呆然としていた。家族の人生を変えてしまった悔恨が、たいしたことのない問題であるわけがないのに、どうして僅かに気が楽になるのだろう。

「君が自己嫌悪に浸っていたいのなら止めないが、無意味だと思うぞ」

「そ、そんな言い方──」

「だいたい、罪を背負うべきは身の程を知らないストーカーだ。何故君が犯人の重荷まで引き受けてやらねばならない。忘れろとは言わないが、人生は短く忙しい。他のことを考える時間に当てた方が有意義だと思うぞ。一瞬でも変態の犯罪者に割く時間は惜しい」

何とも合理的な考え方を聞かされ、呆気に取られてしまう。けれど、簡単に割り切れるものでもない。琴乃はここまで立ち直るのに七年かかった。その間、カウンセリングを受けたこともある。ただ怯え暮らしていたのではなく、必死に頑張ってきたのだ。それらの努力を嘲笑われた気もして俯く。

しかし雅貴の言葉の全てに反発を覚えたわけではなかった。

たぶん、『忘れろとは言わない』という一言は胸に染みている。今まで誰も彼もが『早く忘れてしまえ』と言ってきた。同情し、慰めてくれたことは理解している。だができないことを要求されているようで、辛かったのも事実だ。

琴乃だってあれら一連の出来事を完全に忘却できるのなら、とっくの昔にやっている。けれど、彼は考える時間が勿体ないという趣旨の発言で琴乃に前を向かせてくれた。不可能だから苦しくてもがき、忘れられない自分を責められている心地になったのだ。おそらく、言いたいことは両方同じだし、どちらも琴乃を慮《おもんぱか》ってのことだ。だが、受け取る側としてはまるで違う意味を伴っていた。

微かに、抱えていた重荷が軽くなる。

「だが、よく頑張ったな。これからは半分僕が引き取ろう」

「……え」

「これでも一応は夫婦だ。協力できることはする」

二人の間に愛情は存在しないけれど。

続く言葉が、幻聴となって琴乃の耳に届いた。刹那、胸に痛みが走ったのは何故だろう。

「琴乃は妻の義務を果たしてくれた。ならば僕も夫の義務を果たすのが当然だ。ギブアンドテイクが成立してこそ、より長くいいパートナー関係を築ける」

「義務……」

雅貴は間違ったことを言っていない。契約上、正論だ。下手に色恋を持ちこまれるよりも、琴乃にだって分かりやすい。しかし蟠《わだかま》る何かが、もやもやと胸の内に凝った。

「ありがとう……ございます」

左手薬指に嵌めたペアリングが急にきつくなった気がして、琴乃は無意識に銀色の輝きを見つめていた。

3　これはたぶんデート

　翌朝から、雅貴の弁当作りが琴乃の日課になった。これまでも自分用と春馬の分を作っていたから、手間は変わらない。

　いらないと言って断られるかと心配だったが、幸い迷惑にはなっていないらしい。彼はいつも残さず食べてくれている。好む味つけも、だいぶ分かってきた。まだ色々手探りだが、少しずつ夫婦らしい形にはなってきている気がする。

　共に暮らし始めて約ひと月。入籍を済ませた琴乃は仕事の引き継ぎも終え、本格的に家庭に入っていた。

　もしかしたら雅貴に堂々と愛人を連れこまれたり、手酷く扱われたりする可能性もあると覚悟していたが、今のところそういった問題は起きていない。彼はどちらかと言えば寡黙で、騒がしいことが苦手な琴乃には丁度いい。冷たいのかと思えば優しいところもあり、一緒に暮らしていても、苦にならなかった。

とは言え雅貴が結婚に向いていないことは身に染みて分かったひと月でもある。

まず彼は、基本的に琴乃の都合を考えない。夕食を用意しておいても、連絡一つ寄こさず帰りが深夜になることがままあり、そして理由を説明されることはない。休日はジムに通うか書斎に籠りきり。自分なりの拘《こだわ》りが強く、生活スタイルを崩されることをとても嫌がる。つまり、人に合わせることが苦手らしい。

結果、立場的にもこちらが全面的に合わせるしかなかった。最初の頃は大変だったが、最近ようやく慣れ始めている。

同時に、見えてきたもう一つの事実。雅貴にとって、琴乃は新しい玩具《おもちゃ》だ。

以前言われた『楽しめそう』の意味はこういうことだったのかと日々突きつけられていた。性的なことに疎《うと》い琴乃に、あれこれ要求するのが楽しいらしい。これだけ聞くと変態的と思えてしまうが、暴力を振るわれることはないので、どうにか耐えられる範囲ではあった。

——でも先日のことは……流石にちょっと……

三日前のことを思い出し、琴乃の頬が火照《ほて》る。

いつものように出勤する彼を見送った後、弁当を渡し忘れていることに気がついたのだが、病院内に売店はあるし、自分が昼食として食べればいいかと琴乃は思い、一応メールだけ送った。すると予想外に『届けてほしい』と返信が来たのだ。

新居から瀬野尾整形外科クリニックまでは電車を使えば、僅か一駅。歩いても十五分ほど。

配偶者の勤務先に患者や見舞客としてではなく行くのは多少抵抗があったけれど、断る理由もないので琴乃は了承した。雅貴に、自分が作った弁当を楽しみにされているような嬉しさもあったのは否めない。

できるだけ他のスタッフの目に留まらないようこっそり彼と落ち合い、すぐに帰るつもりだった——のだが。

何故か琴乃はとある病室に連れこまれていた。

そこは、現在入院患者のいない特別室。広々とした室内には、大きなベッドの他にソファーや机、風呂までが完備されている。しかも病室ではなく高級ホテルの一室であるかのような内装だった。

『……あの、雅貴さん?』

『静かに。いくら見た目が立派な病室であっても、完全防音じゃない』

ニヤリと悪辣な笑みを浮かべた顔は、既に『医師』のものではなかった。外面のいい紳士でもない。琴乃にだけ向けられる嗜虐的《しぎゃくてき》な表情。

『いいタイミングだった。今まさに昼休憩を取ろうと思っていたところだ』

『そうですか。では私はこれで……』

短い休憩時間を邪魔してはいけないと思い、琴乃は速やかに病室を出ようとした。横にスライドする扉の取っ手を摑んだ瞬間、背後から口を塞がれて抱き竦められるまでは。

『……っ？』

視界の片隅に、彼の白衣が翻《ひるがえ》る。禁欲的で清廉《せいれん》な白を羽織った男は、悪魔の如き囁きを耳へ吹きこんできた。

『まだ帰るな。腹が空いているんだ』

情欲を孕んだ声に琴乃の背筋が震える。空腹ならば、持ってきた弁当を食べればいい。しかしそういう意味でないことは、経験が乏しい自分にも察せられた。雅貴の手が、意味深に琴乃の身体を弄ったからだ。

『やっ……』

ここは、彼の職場。しかも病院。本来なら患者が入院するための部屋だ。そんな場所で淫らな真似を仕掛けられ、驚きで碌な声もあげられなかった。信じられない心地で固まっている間にカットソーを捲り上げられ、下着を露にされる。カーテンを引いていない病室は明るく、皮肉なほど窓は大きかった。

『やめっ……駄目です』

『シィ……騒ぐと看護師が飛んでくるかもしれない』

眼鏡のレンズが光を反射し、余計に雅貴を冷酷に見せる。それ以上に官能的で、琴乃の膝が戦慄いた。

『冗談はやめてください……ここは病院ですよ？』

『僕も自分の職場でこんなことをする気には今までならなかったが……気が変わった。なかなか背徳感があって癖になりそうだ』

『ひ、ぁ』

耳朶を食まれ、琴乃は肩を震わせた。扉一枚隔てた先は廊下。いつ何時人が通りかかるか分からない。それ以前に鍵もかけられてはいないのだ。ほんの気まぐれで開けられたらと想像するだけで、頭が沸騰しそうになった。

『……ァっ』

スカートをたくし上げられ、ショーツの上から敏感な花芯を捏ね回された。下着に蜜が染みていく感覚に、琴乃は慌てて雅貴の腕の檻から逃げ出そうとする。

『嫌です、本当にっ……』

『君に拒否権はないよ。それにここはそう言っていない。ああ、この下着。思った通り琴乃の白い肌によく映える』

『……あっ』

サイドで紐を結ぶタイプのショーツは、これまでの自分であれば絶対に選ばないデザインだ。誰かに見せることと脱がしてもらうことを前提としたような扇情的なもの。実用性に乏しい布面積は、身に着けている方がよほど卑猥だった。しかもレース部分は透けている。

『これを着ているということは、誘惑されていると思っていいのかな』

『ち、違います。そもそも雅貴さんが選んだものじゃないですか……っ』

服も下着も、全て彼が選び購入したものだ。だからいやらしいのは決して自分の趣味などではない。琴乃は必死に否定を試みたが、雅貴にとってはそんな反応さえ想定内の遊戯でしかなかったらしい。

含み笑いをこぼしながら、どんどんこちらの衣服を乱してゆく。今や乳房はこぼれ出て、片方だけ紐を解かれたショーツは床に落ちそうになっていた。

『……っ、ぁあ』

『こんなに濡れているのに？』

恥ずかしい。なのに艶めいた彼の声に官能を煽られる。花弁を割って入ってきた指先に媚肉を掻き回されると、耐えようもない快楽に襲われた。

『ふ、ぁ、あっ』

『声、聞かれてもいいのか？』

立ったまま、壁に左手をついて琴乃は残った右手で口を押さえた。涙が滲み、思考力が奪われる。抵抗したいのに、うかつに声を出せば淫靡《いんび》な嬌声が漏れてしまいそうだ。耳朶を齧《かじ》られ、軽く達していた。

『んん……っ』

『一人でイくなんて、お仕置きが必要だな』

辛うじて引っかかっていたショーツが太腿を滑る。小さな布は音もなく床に落ちた。背後から再び大きな掌で口を覆われて、琴乃は貫かれる瞬間、どうにか悲鳴を噛み殺すことができた。

『う、っく……ふ、ぁ』

『琴乃……動きにくい。腰をもっと突き出して』

命令には逆らえず、促されるまま壁に両手をついて後ろに尻を突き出した淫猥な体勢になる。泣きたくなるくらい恥ずかしいのに、穿たれる度おかしくなるほど気持ちよかった。パンパンと肉を打つ音が、病室内に木霊《こだま》する。卑猥な音に耳を犯され、琴乃は揺さぶられながら懸命に声を堪えた。

『んっ……く、ぁっ、あ』

眦を涙が伝う。快楽に溺れながら、琴乃はどこか虚しい思いも抱えていた。これは愛を確め合う行為ではない。それが三日前のこと――

「――ただいま」

数日前の淫猥な出来事を思い出していた琴乃は、鍵の回る音で我に返った。

「お帰りなさい、雅貴さん。お疲れ様でした」

夫を迎えるために、玄関に飛んでゆく。

「お風呂、沸いていますよ」

「ああ……」

どうやら今日の夫は少し機嫌が悪い。雅貴は琴乃に八つ当たりするような真似はしないが、ネクタイを解く姿には苛立ちが滲んでいた。

「……先に食事にしますか？」

「……別に腹が減って不機嫌なわけじゃない。子供扱いするな」

弟の春馬は空腹になると無言になることが多いので、同じかもしれないと思ったが、違ったらしい。ジロリと睨まれ、琴乃は背筋を正す。

「す、すみません」

余計なことを言ってしまったと反省し、口を噤んだ。二人で暮らすことに慣れ、気安さからつい踏みこみすぎてしまったようだ。適切な距離感を測るのは、まだ完璧にはこなせていない。

「……何か、いい匂いがするな」

「あ、気がつかれました？　引っ越し祝いにいただいたお香があったので、使ってみたんです」

リラックス効果のあるものを、彼が帰る前に焚《た》いていた。最近仕事で疲れている様子の雅貴に、少しでも癒しを与えられたらと思ったからだ。以前花を飾って置いたら、あまり好きではないからやめろと言われたことがある。しかし香りが嫌なわけではないとも告げられたので、これなら大丈夫かと思ったのだ。

「……もしかして、不快な香りでしたか……？」

鼻を蠢かす彼に、不安になる。

「……いや、落ち着く匂いだ」

「よかった」

ホッと胸を撫でおろした琴乃は、満面の笑みを浮かべた。普通ではない夫婦故に、これでも一生懸命『居心地のいい家』を作るため努力している。毎日あれこれ試し、雅貴の反応を窺っているところだ。今日の試みは成功したらしい。

彼の鞄から弁当箱を取り出し流しに持ってゆく。蓋を開けると空になっており、再び琴乃は頬を緩めた。

「全部食べてくださったんですね」

「ああ」

雅貴は味の感想をくれたことはないけれど、完食してくれていることが答えなのだと勝手に思っている。ウキウキと弁当箱を洗っていると、ジャケットを脱いでいる気配が背後からした。

「……気を使わせてすまなかった。職場で少々面倒な同僚がいて、苛々してしまった。一応親戚だから邪険にするわけにもいかず、扱いに困っている」

「そうですか……」

深く聞いていい内容かどうか判断しかね、琴乃は曖昧に頷いた。雅貴には職務上、話せないことも多いだろう。途切れてしまった会話が気まずくて妙な沈黙が訪れる。こんな時、自分たちは本物のパートナーではないと実感せずにはいられない。

「……君は？　今日一日何をしていた？」

先に口を開いたのは、彼の方だった。微妙な雰囲気になったのを、珍しく変えようとしてくれているらしい。いつもなら、無言のまま書斎に直行してしまうのに。

「私ですか？　家事をして……時間があったので祖母に会いに行っていました」

琴乃は会社に出勤する必要がなくなると、途端に時間を持て余してしまった。これまで平日昼間は外で働くことが当たり前だったので、まだ時間の使い方が分からないのだ。

そこで様子見がてら、今日は祖母の家へと足を向けた。

古くて狭い平屋の家は、雅貴が用意してくれた新築マンションとは比べものにならないほどこぢんまりしている。しかし以前と変わらずほっとする優しい空気が漂っていた。琴乃は思わず「ただいま」と言いかけて、慌てて呑みこんだのだ。

七年前、ストーカーから逃げるために家族四人で祖母の家へ身を寄せた。両親が事故死してからは三人になってしまったが、琴乃にとって実家と言えば、あそこしかない。

「祖母は元気そうでした。もう家の外でも杖を駆使して歩き回っているんですって。ヘルパーさんに助けてもらいながら家事もしていると言っていました」

一緒に暮らしている時は、祖母の身体を気遣い、無理をしてほしくなくて過保護になっていたが、逆効果だったらしい。今の方が生き生きとしている祖母を見て、琴乃は反省していた。

「だが年配の方が転んだりしては大変だ。あまり張り切りすぎるのも心配だな」

「そうなんですよ、私もそれが気になっていて春馬に注意したんです」

琴乃は雅貴の言葉に大きく頷いた。

きっと祖母は琴乃がいなくなって自分が家事をやらねばと思っているし、仕事を取り上げるのもよろしくないのだろう。だから分からない程度にこっそり手伝ってあげてくれとお願いしたのだ。

「……へぇ。弟さん、家にいたんだ?」

「え？　はい。今日は大学の授業もなかったそうです」

不意に彼の声が低くなった気がして、琴乃は首を傾げた。気のせいかと雅貴を見上げるが、いつもの無表情から読み取れる感情はない。

「風呂に入る」

「あ、はい」

ではその間に夕飯を温めようと思い、琴乃はキッチンに向かった――が。

「一緒に入ろう」

「えっ？」

今までそんなことを言われたことはない。びっくりしている間に、琴乃は彼に肘を掴まれ浴室へ連行されていた。

共に暮らし始めてから、もう何度も肌を重ねている。傍からは本物の夫婦に見えるだろう。勿論琴乃は周囲にそう思われるよう振る舞っているわけだが、基本的にはお互い不干渉だ。

「ま、雅貴さんっ、私はもう入りましたから……っ」

「たまには一日に二度入っても、問題ない」

脱衣所で最後の抵抗を試みたが、大きな手に押さえこまれ次々に衣服を剝ぎ取られる。あっという間に裸にされた琴乃は、廊下への扉を塞がれ、浴室に逃げこむことしかできなかった。彼は自分も服を脱ぎ捨て、悠々とした足取りで浴室内に入ってくる。

「こ、こんなっ……ふざけないでください」

「ふざけていない。弟のために君はもっと頑張ってくれ。せっかく彼の手術日が決まったのに」

「そうなんですか……っ？　春馬ったら、私に何も言わないで……！」

今日会ったのに聞いていなかった。きちんと教えてくれなかった弟が腹立たしい。琴乃は自分が一糸纏わぬ状態であることも忘れ、身を乗り出した。

「いつ手術ですか？　時間はどれくらいかかりますか？　当日は私も待合室で……」

「随分真剣に食いついてくる。そんなに弟が心配か？　お互い成人した大人だろう」

「だってたった一人の弟ですもの。かけがえのない、大切な存在です」

「……なるほど。それなら、大切な弟のために何だって耐えられるんじゃないか」

眼鏡をかけていない彼の瞳が、妖しく煌めいた。意地の悪い形に歪められた唇が、琴乃の耳朶に寄せられる。自分が全裸であることを思い出し、琴乃の全身が真っ赤に染まった。

「恥ずかしいことも、我慢できるだろう？」

殊更優しい声で吹きこまれたのは、猛毒だ。息を呑んだ琴乃のうなじを、雅貴の吐息が撫でる。肌のどこにも触れられてはいない。それなのに、拘束されているかのように、身動きは封じられていた。

「あ……」

「浴槽の縁に座って」

「な、何故」

「寒くはないだろう？　ほら早く」

疑問には答えてもらえず、急かされる。琴乃が従うまで彼は一歩も引く気がないらしい。

仕方なく両手で身体を隠しつつ、琴乃は浴槽の縁に浅く腰かけた。

「これでいいですか」

蒸気の立ちこめる浴室内は温まっており寒くはない。だが、問題はそこではなかった。琴乃の人生において、異性と風呂に入るなど想像の範疇にもない。話に聞いたことはあっても、自分とは無縁のことだと思っていたのだ。だからどこを見ていいのかも分からず、下を向いたまま激しく視線をさまよわせていた。

恥ずかしい。しかし拒むことはできない。支配者の命令は絶対だからだ。

「駄目だ。脚を開いて」

「……えっ？」

当たり前だが、裸のまま開脚すれば、大切な部分が見えてしまう。ここは寝室ではない。故に、羞恥の度合いがいつもとは桁違いだった。

「い、嫌です」

真っ赤になって頭を左右に振る。いくら何でもふしだらすぎて応じられない。逃げ出そうとした琴乃は、雅貴が前にしゃがんだことで、立ち上がれなくなってしまった。

「早くしろ」

彼の手にはシャワーヘッド。琴乃はますます意味が分からず狼狽《ろうばい》した。

「あの……？　きゃっ」

湯の温度を確かめていた雅貴が、突然琴乃の爪先にシャワーを向けた。湯が飛び散り、足元から温もりが広がる。それ自体は心地好い。だが少しずつ上へ移動され、臍付近に狙いを定められた時点で、琴乃は嫌な予感に囚われた。

「……雅貴さん？」

「脚を開いて」

再びの短い命令。愉悦を孕んだ黒曜石の瞳が『取引を忘れたのか？』と聞いてくる。彼の機嫌を損ねれば、全てがご破算になってしまう。無言の脅迫に屈したのは、琴乃だった。

心臓が煩い。上手く吸えない息が、はふはふと唇から漏れ胸を揺らす。頭がぼぅっとするのは、きっと蒸気のせいだけではない。どうしようもなく、身体が熱くて堪らなかった。

「もっと」

拳一つ分膝を離すのが限界な琴乃に、冷酷な主は残酷な追い打ちをかける。ぞくぞくとした震えが背筋を駆け上がり、しっかり手で身体を支えていないと後ろにひっくり返ってしまいそうになった。

床についているはずの足裏は感覚が乏しくなり、代わりに脚の付け根だけが鋭敏になっている。

「も、もう……」

　これ以上は許してほしい。恥ずかしくて潤むのは、琴乃の瞳だけではない。下肢に感じる蜜の感触でクラクラと眩暈がする。酒に酔った時よりもひどい酩酊感に襲われていた。

「……ぁっ」

　晒された陰唇《いんしん》に直接シャワーをかけられ、琴乃は小さな悲鳴を漏らし身を捩った。擽ったい。同時にどうしようもなく体内が疼く。卑猥な火を灯され、全身が熱を帯びた。

「白い肌がピンクに染まって、綺麗なものを汚している背徳的な気分になるな……」

「やぁっ……」

　物足りない刺激に切なさが募る。思わず腰を前に出しそうになり、琴乃は慌てて己を律した。自分の行動が信じられない。たったひと月余りで、男を知った身体はすっかり淫らに育ってしまった。

　雅貴に教えられた快楽を追い求め、更なる快感をねだりそうになるなんて、以前の琴乃であれば考えられないことだ。

　激しく動揺している間に彼はシャワーを止め、ボディソープを泡立て始める。

　洗ってくれるつもりなのだろうか。しかし琴乃は既に入浴は済ませているし、仮にまだでも、病人でもない限り自分の身体は自分で洗いたい。琴乃はひとまずシャワーによる辱めは終わったと判断し、脚を閉じかけた。

「誰が勝手に動いていいと言った？」

「え？　でも……」

太腿に雅貴の手が滑る。たっぷりとした泡を塗り広げ、到達したのは琴乃の秘められた場所だ。

「やっ……」

泡が滑り、いくら阻止しようとしても彼の不埒な侵入を簡単に許してしまう。閉じた太腿の狭間でいやらしく雅貴の指が蠢いた。

「変なところを触らないでくださいっ……」

「清潔にしていないと、後で困る」

「し、失礼ですね。ちゃんと洗っています」

まるで不潔にしているかのように言われるのは、多大なる恥辱だった。琴乃は毎日風呂に入っているし、どちらかと言えば綺麗好きだ。最低限のケアだってしている。

琴乃と彼の攻防戦はしばらく続いたが、やがて淡い叢に広げられた泡は全て湯で流された。ようやく気が済んだのかと安堵した瞬間、何故かまた新たな泡を塗りたくられる。

「……っ？」

「雑菌が入ったら困るだろう。もっとちゃんと開いて。下手に動くと傷つけるかもしれない」

「傷……？」

雅貴の手には剃刀《かみそり》が握られていた。その使い道はたった一つ。体毛を剃ることだけだ。

「まさかっ……」

初めて肌を重ねた日、彼は何と言っていた？　確か『薄いな。いっそ全部剃ってしまうか』と宣ってはいなかっただろうか。琴乃は意地悪な冗談だと思ったし、あれ以来特に触れられることのない話題だったから、完全に忘れていた。

全身の血が、一気に冷える。恐る恐る彼を窺えば、嗜虐的な笑みを瞳と唇に乗せていた。

「あれは、ただの嫌がらせですよね……？」

「何度も同じことを言わせないでくれないか。早く脚を開け。それとも強引に開かれたいのか？」

取りつく島もなく、強要された。しかし「はい、分かりました」と従える内容ではない。どうにか逃れる術はないかと必死で思考を巡らせる琴乃に、主が最終通告をくだす。

「弟のために、対価を支払え」

絶対に拒めない一言で、琴乃の心が折れた。半泣きになりながら、内腿の力を緩める。すぐ前に膝をつく雅貴からは、全てが丸見えになっているはずだ。いくら泡で隠されていても、浴室内は明るい光に満ちていた。

「腰をもっと前に突き出して。……そう。絶対に動かないで」

ヒヤリと硬い剃刀の刃が臍の下に触れ、独特な質感で下に滑っていった。お互い無言になったせいか、ゾリゾリという無情な音が殊更響く気がする。

複雑な形に刃を当てにくいのか、彼の指がそっと琴乃の花弁の縁に触れ、肌を引き延ばした。その都度敏感な個所を掠めてゆくから辛い。きっと分かった上でわざとやっている。

羞恥と怯えがあいまって琴乃が身じろげば、雅貴が喉奥で笑った。

「可愛いな」

信じられない。いや、とても現実だとは思いたくなかった。男性の前で大きく股を開き、下の毛を剃られるなんて聞いたこともない。あり得ない暴挙なのに、抗うことは許されなかった。

こんなとんでもないことを、他の夫婦はしているのだろうか。経験値が少ない琴乃には判断できない。夫婦生活を赤裸々に語る友人はいないし、積極的に情報を仕入れる性格でもないのだ。

とにかく刃先が誤って別の場所に当たっては大変だと思い、泣く泣く静止している。その間に何度も剃刀は上下し、引っかかる感触は失われていった。

「流すぞ」

最後にもう一度湯をかけられ、完全に泡が流される。現れた無毛の恥丘に、琴乃は全身を茹らせた。

「見ないで……っ」

子供のような状態にされ、とても心細い。それなのに彼は自分の仕事を確認するかの如く、遠慮なく見つめてきた。恥ずかしさの比が先ほどとは段違いだ。意識が遠のきかけて、琴乃は懸命に浴槽の縁でバランスを取った。

「君は湯船で温まりながら待っていて」

まだ逃げ出すことは許されないのかと絶望したが、この状況よりは湯に浸かっていられる方がはるかにマシである。言われた通り琴乃は素早く浴槽に身体を沈めた。

雅貴が嗜虐的な面を持っていることには重々気がついていたけれど、ここまでひどいことを強要されたことはない。今日は帰宅時に機嫌が悪かったせいだろうか。それとも、琴乃が余計に彼を苛立たせてしまったのか。

原因を突き止めようとしたが分からず、琴乃は湯船の中で膝を抱えて小さくなった。

新居の風呂はとても広い。大人二人が足を伸ばせそうなほどで、ジャグジーもついている。今のうちにスイッチを入れてしまえば、もっと恥ずかしさを緩和できるかもしれないと琴乃が思案している間に、雅貴は頭と身体を洗い終えたらしい。

濡れた髪を掻き上げ、僅かに上気した肌が艶めかしい。鍛え上げられた腹筋の溝を透明な滴が伝い落ちる様に、琴乃は釘付けになった。考えてみれば、こんなに明るい光の下で彼の裸身を直視するのは初めてだ。

　気づいてしまうと、別の気恥ずかしさに襲われた。

「何？」

　ぱっと眼を逸らすと、浴槽の中に入ってきた雅貴が琴乃の後ろに座り、背後から腰を抱いてくる。肌が密着する感覚に、のぼせそうになった。

「あの、私は先にあがりますね……」

「まだ冷えている。もう少し温まってからの方がいい」

　短くはない時間裸でいたから、確かに琴乃の肌は冷たくなっていた。しかし頭は沸騰しそうなほど熱く滾《たぎ》っている。そのせいでむしろ水でも浴びたいくらいだ。

「でもっ……」

「肩も冷たい」

「……ふ、ぁっ」

　ちゅっと軽い音を立て、右肩に押しつけられたものは彼の唇。微かに走った痛みから、痕をつけられたことが分かった。雅貴は琴乃の肌に鬱血痕《うっけつこん》を刻むことが好きなのか、ことあるごとに唇を寄せてくる。前に、見えないところならばいいと言質《げんち》を取られたのも同然なので、今更やめてほしいとは言えなかった。

「明日の予定は？」

「特にありません……雅貴さんはジムに行きますか？」

基本週休一日の瀬野尾整形外科クリニックだが、月に一度第三土曜日も完全に休みになる。今日は金曜日。明日明後日と連休になる予定だ。休日はジム通いを趣味としている彼は、きっと張り切って出かけてゆくだろう。

琴乃は晴れていればまた祖母宅に行き、草むしりでもしようかと思っていた。つまり、これといって緊急性のある用事はない。

「だったら、二人で出かけないか。どこかに一泊してもいい」

「え……？」

全く想定していなかった提案をされ、琴乃はすぐに反応できなかった。これはもしや、デートと呼ばれる類《たぐい》の誘いだろうか。普通ではない結婚をした二人に、交際期間などなかった。勿論、義務に迫られて行動を共にしたことはあっても、自由意志に基づいて一緒に出かけたことは皆無である。

「どなたかに会う約束でも……？」

「そんな予定はないが、何故だ？」

てっきり知人への顔合わせや、夫婦円満を演じるための布石《ふせき》かと思った。違うのなら、どうして突然休日を共に過ごそうと言われるのか分からない。確かにここ最近二人の生活にだいぶ慣れ、家政婦以上パートトナー未満になれた気はする。しかし、それ以上の関係を雅貴は望んでいないくせにどういうつもりなのか、琴乃は首を捻らずにはいられなかった。

「構いませんけれど……あ、泊まりは無理です。日曜日は春馬と約束があるので」

「何だと？」

琴乃の腹に回されていた彼の腕が、ピクリと動く。少しだけ拘束される力が強まった。

弟の名前を出すと夫の機嫌が下降することは、薄々理解していた。姉離れできていない春馬が雅貴を目の敵にしているからだ。初対面の際、碌に口を利かないどころか完全無視を貫いた弟を思い出し、琴乃は深く溜め息を吐いた。

「来月、祖母の誕生日があるので、一緒にプレゼントを選ぶ約束をしているのです。毎年恒例のことなので、許可していただけると嬉しいのですが」

「許可も何も、僕は君が妻の役割をきちんと果たしてくれている限り、束縛するつもりは一切ない」

「……予報では十五時頃から天気が崩れるそうなので、晴れている間に帰ってくるつもりです」

「別にゆっくりしてくればいい」

雅貴をこれ以上不快にさせたくなくて琴乃は早めに帰宅すると告げたが、突き放された答えに少し傷ついた。どうでもいいと言われた気分になり、何だか悲しい。消沈した琴乃が俯けば、彼は腕の檻を僅かに緩めた。

「――では明日は、僕も君のお祖母さんの誕生日プレゼントを買いに行こう」

「え？　貴方が？」

これまた予想外だ。

結婚したくない理由の一つに、婚家との親戚付き合いが煩わしい点を挙げていた雅貴の言葉とは思えない。琴乃が驚いて振り返ると、彼はいたく不機嫌そうに顔をしかめていた。

「……あの、無理してくださらなくても、大丈夫ですよ？　雅貴さんにご迷惑をおかけする真似はしませんし」

別に大々的な誕生パーティを予定しているわけではない。これまで通り、家族だけで食事をする程度の催しだ。だから琴乃の中には最初から彼は頭数に入っていなかった。

「ただの気まぐれだ。それとも、迷惑だと言いたいのか」

「いいえ、まさか。祖母も喜ぶと思います」

春馬は嫌がると思うが――という言葉は呑みこんだ。

「じゃあ、決まりだ。……そろそろあがるか。いつまでも浸かっているとのぼせそうだ」

身体は充分温まったので、琴乃も異論はない。だが、湯からあがれば当然裸だ。今更であっても、堂々と立ち上がる勇気はなかった。

「どうぞ、雅貴さんから先に」

脱衣所が空いたらゆっくり出るつもりで先を促したが、彼は一向に腰をあげない。しかも琴乃をじっと見つめ、悪辣な笑みを浮かべた。

「ああ……そういうことか。だったら」

「きゃっ……」

湯の中から横抱きで持ち上げられ、琴乃は慌てて雅貴の首に縋りついた。自分は特別太っているわけではないと信じているが、それでも健康な成人女性だ。どんなに控えめに見積もっても、ウン十キロは超えている。しかも濡れているから滑りやすい。

「あ、危ないですっ、降ろしてください」

「暴れる方が危険だ。落とされたくなければ静かにしろ」

脅迫めいた言葉に尻込みし、琴乃の抵抗は封じられた。落とされるのは嫌だ。普段の自分の目線よりもずっと高い視界に慄き、大人しくするより他に選択肢がない。

借りてきた猫状態になった琴乃は脱衣所で一旦降ろされ、バスタオルで簡単に拭われた。その隙に逃走すればよかったのかもしれないが、扉側に彼が陣取っているので叶わない。いや、そもそも逃げ場所なんてどこにもないのだ。

まだ水滴の残る髪はそのままに、雅貴の腕で再び抱き上げられる。向かった先は寝室。だが降ろされたのはベッドの上ではなく、大きな姿見の前だった。

琴乃を前に座らせた彼は、ベッドに背中を預ける姿勢で床に腰を下ろしている。

「……？」

鏡に映っているのは、バスタオルに包まれ頬を上気させた女だ。白い肌が薄桃色に染まり、微かに瞳が潤んでいる。客観的に見て――とても淫靡だった。

「自分で確認してみるといい」

「……嫌ぁっ」

何をと問う暇もなく、唯一纏っていたバスタオルを彼に奪い取られた。下は勿論裸。しかも、足の付け根がひどく寂しい。あるべき繁みが失われ、長らく守られていた肌が晒されていた。

「か、返してくださいっ」

琴乃が伸ばした手は軽々と躱され、あまつさえ背後から拘束される。雅貴に膝裏を抱えられ身体が浮き上がり、「あ」と思った瞬間には、幼子が排泄《はいせつ》を促されるポーズを取らされていた。

「ひっ……」

眼前には鏡。煌々《こうこう》とライトの灯った室内は明るい。すぐに眼を閉じたので一瞬だったが、自分の淫らな姿ははっきり瞳に焼きついてしまった。

「ちゃんと見ろ」

愉悦を含んだ、残酷な命令がくだされる。琴乃は決して喚をあげるまいと思っていたが、下肢に感じる違和感のせいで呆気なく敗北した。

こちらの太腿を拘束したまま、彼が器用に下腹を撫でてくる。その指先がゆっくり下へと降りてゆき、これまでならあった繁みがないせいで生々しい感覚が伝わってきた。

「や……」

琴乃は反射的に眼を開き、直後に鏡の中の女と眼が合い後悔した。見なければよかったと心底思う。現実を直視しなければ、無理やりされたのだと言い訳ができた。自分の本意ではなく仕方なかったのだと言い張れたはずだ。けれど実際の琴乃は、期待に蕩けた瞳で、本気の抵抗などしていなかった。

ついひと月ほど前まで無垢だった秘裂は赤く色づき、すっかり卑猥に花開いている。男を誘う蜜を湛え、艶めかしく濡れていた。

「琴乃は色白だから、黒髪とここの赤がよく映える」

「ん、あ」

雅貴の中指がつぷりと第一関節まで泥濘に埋められた。もはや眼が逸らせなくなった琴乃は、まざまざと見せつけられる。花弁の縁を撫でられ、上部にある淫芽が膨らむ様子までを、一部始終。

「あぁっ……」

三本に増やされた彼の指が淫らな入り口を出入りする。深く探られているわけではないが、覆うものがない分何をどうされているのかがつぶさに分かってしまった。視覚から得る情報には破壊力がある。いつも以上にぐちゅぐちゅという水音が響くのは、きっと気のせいではない。

琴乃から溢れた愛液が流れ落ち、ラグに染みを作っていた。淫猥すぎる光景が尚更興奮を煽る。眼と耳から犯されて、琴乃はビクビクと背を仰け反らせた。

「や、ああっ……」

「今夜は随分イくのが早いな。こういう趣向が好きなのか？」

「違っ……」

琴乃を揶揄しながら、雅貴も昂っているらしい。臀部《でんぶ》に硬い感触を感じ、喉が震えた。恐怖ではない。隠しようもなく渇望が募っていた。

喉が渇いて指先まで痺れる。頭の芯は霞がかり、冷静な判断力は失われていった。

「あ……駄目」

身体を持ち上げられた拍子に、避妊具に包まれたそそり立つ彼の楔《くさび》が鏡越しに眼に飛びこんできた。戸惑う間もなく、その切っ先が琴乃の淫裂を捕らえる。びしょ濡れになったそこは、大喜びで雅貴の屹立を呑みこんでいった。

「あ……ぁ、アッ」

胡坐《あぐら》をかく彼の脚の上で、お互い鏡の方向を向き、繋がり合う。こんな体勢は初めてで、少し苦しい。自重のせいで普段よりずっと奥深くまで雅貴が到達する。だが内臓を押し上

げられる息苦しさは、瞬く間に激しい快楽に書き換えられた。

「ひぁッ、あ、あっぁ」

下から突き上げられ、落ちてくるタイミングでまた最奥を抉られる。前を見れば、いやらしく花開いた琴乃の花弁が、美味しそうに雅貴の昂りを咀嚼していた。

「んっ、あ、あ」

眼にしてしまった映像のせいで、頭の中が一気に沸騰する。白っぽく泡立った愛蜜が攪《かく》拌《はん》され、赤黒い肉槍《にくやり》の出入りを滑らかにしていた。彼のものが琴乃の内側をみっしりと埋め尽くし、えらの部分で内壁をこそげる。

雅貴の思うまま揺さぶられ、琴乃は髪を振り乱して身悶《みもだ》えた。

「あぁあっ、やぁ……ぁ、駄目、もうっ……」

後ろから抱えられた不自由な体勢では快楽を逃すことさえできずに、容赦なく穿たれる。立て続けに奥を突かれ、子宮を揺らされた。脳天へ駆け上がる快楽で何も考えられない。

琴乃はだらしなく鳴き喘ぐ自分の姿と対面しても、もう恥ずかしさなど感じられなくなっていた。ただひたすらに気持ちがよくておかしくなる。

身の内を支配する雅貴の強直を食い締め、悦楽を享受した。深々と貫かれて甲高く鳴きながら、自らも拙い動きで腰を揺すって喜悦を追い求める。汗に塗れて滑る身体で、彼と同じリズムのダンスを踊った。

花芯を押し潰され、世界が弾ける。これまでにない大きな絶頂の波に浚われた。

「あっ、あああーッ……」

「……っ……」

ビクビクと琴乃の中で跳ねた楔が避妊具越しに白濁を吐き出し、琴乃はまた高みに達した。

「……ぁ、あ……」

激しい余韻に全身が弛緩し、体勢を保てなくなった琴乃は背後の雅貴に寄りかかった。二人分の速い鼓動が重なり合う。乱れた吐息も交ざり合い、ごく自然に唇を重ねていた。

少々無理な姿勢で後ろを向いたため首が痛いが、軽く触れるだけのキスが甘すぎて、細かいことは気にならない。彼との口づけを身構えずに受け入れられるようになったのはいつからだろう。今ではもう、毎日当たり前のことになりつつある。

荒い息の狭間で、何度も啄むだけの口づけをし、昂りすぎた身体を落ち着かせる。互いの呼吸が平素のものに戻った頃、琴乃はぶるりと肩を震わせた。

「くしゅっ」

「……もう一度、風呂に入るか」

「ええ……私は三回目ですよ……」

しかし色々な体液で汚れたままいるのも気持ちが悪い。結局もう一度二人でシャワーを浴びる破目になり、浴室内でも再び抱かれ、夕飯は随分遅い時間になってしまった。

翌日、二人は昼少し前に家を出た。

前夜約束した通り、琴乃の祖母の誕生日プレゼントを購入するためだ。目的地は大型ショッピングモール。日用品から家具家電、書籍や衣料品まであらゆるものが取り揃えられている。スーパーや映画館も併設され、休日はかなり混み合っていた。

「デパートの外商に頼んだ方が、ゆっくり見られるんじゃないか」

「そんなところで扱っているものなんて、高級品すぎて祖母が驚いてしまいます。きっといただいても大事にしすぎて、包装も解かずにしまいこんじゃうわ。どうせなら、毎日使えるものを贈ってあげてください」

生活レベルが違う雅貴と琴乃では、金銭感覚にも大きな開きがあった。彼にとっては『贈り物』ならば名の知れた高級品が常識らしい。しかしゼロの桁がおかしいものなど、節約家の祖母には使いこなせないに違いない。たぶん委縮してしまうと容易に想像できた。

「そういうものか?」

「はい。雅貴さんが選んでくださったものなら、それだけで喜んでくれると思います。これまで、ご自分のお祖母様には何を贈ってきましたか?」

琴乃が問いかけると彼はしばらく考え、眉間に皺を寄せた。

「覚えていないな。最近では人任せにしていたし。そもそも一年に一度会うか会わないかだから、何が好きなのかも知らない。だったら身近にいる者に代理で選んでもらった方が、確実だろう。時間も勿体ない」

「え……」

琴乃の常識では、プレゼントは内容よりも気持ちが大事だと思っていた。相手のことを考え、選ぶ時間も楽しい。喜ぶ顔が見られれば、こちらも幸せになるし報われる。だから、雅貴の言い分は意外すぎて言葉を失った。

「あの、でもそれじゃ……」

まるで義務みたいだ。勿論、受け取る側が望むものを渡すのは当然だと思っている。いらないものを押しつけては意味がないし、自己満足と取られても仕方ない。

だからこそ頭を使って必死に欲しいものを探り、入手するために奔走するのではないか。そういった諸々の手間を排除して、料金だけ負担するのは、少し寂しい気がしたのだ。

「……一緒に考えませんか？　祖母の好きなものを教えますから、雅貴さんが選んでください。その方が絶対に喜んでもらえます。貴方が休日にお店へ足を運び、自分で決めてくれたことが、一番のプレゼントになるはずです」

「君がそう言うなら……」

釈然としない様子であったが、彼は頷いてくれた。何気ないやり取りでも、雅貴が琴乃の意を汲んでくれたことが嬉しい。耳を傾け、理解しようとして歩み寄ってくれた事実が、何よりも胸をときめかせる。

――私たち、普通の夫婦にはなれないけれど、少しだけ距離が縮まった気がする……

並んで歩き、いくつかの店舗に立ち寄った。可愛い雑貨や膝掛けなど、色々見て回る。途中琴乃は、祖母の好きな色や好む系統などを説明し、雅貴と相談しながら歩いた。

「ところで君は何をプレゼントするつもりだ？」

「ショッピングカートにしようと思っています。祖母が今まで使っていたものは小振りで可愛らしいのですが、少し座面や車輪が小さくて安定性に乏しいんです。だから新しくしっかりとした作りのものを贈ることを春馬と話し合って決めました」

「――へぇ」

夫の声がやや低くなり、琴乃は自分の失態に気がついた。無意識に弟の名前を出してしまい、『やってしまった』と思ったがもう遅い。

雅貴はあからさまな文句こそ言わないが、微かに表情が冷たくなっていた。

「ご、ごめんなさい」

「何故謝る？」

「雅貴さん、春馬と仲がよくないみたいだから……うちの弟が生意気なせいですよね。ごめんなさい」

誰だって快く思っていない相手の名前など、好んで耳にしたくないだろう。

偽りとは言え親族になったのだから、仲良くしてほしい気持ちは琴乃にもある。だが強制することはできない。

「いつもは礼儀正しい子なんですけど、やっぱりまだ子供ですよね。私を取られたとでも思っているのかもしれません。図体ばっかり大きくなって姉離れができていなくて……」

かく言う自分も弟離れができているとは言えないが、琴乃は深々と嘆息《たんそく》した。明日はきちんと言い聞かせようと心に決める。

「……ある意味同情するな」

「はい？」

「いや、独り言だ。――たぶん、いきなり現れた義兄に金銭的な援助をされて面白くないんだろう」

「助けてもらっているのに……」

感謝こそすれ、反発を抱くなんて失礼ではないか。憤る琴乃は、雅貴の「男なんてそんなものだ」の一言に首を傾げた。

「男性のプライドということですか？　よく分かりません……」

「……そうだな。僕も色々分からなくなってきた」

「え？」

「何でもない。気にするな」

苦笑する彼に促され、次の店に移動した。

そこは洒落たインテリアや雑貨などを取り扱う店舗だ。広い店内にはアロマの香りが漂っている。センスのいい家具や食器、時計などが並べられ、若い女性客を中心に賑《にぎ》わっていた。

祖母には少し若すぎるかなと思うが、マッサージ機器なども取り扱っており、しかもいかにも実用的なデザインではなく、色や形が可愛い。マカロンに似せた足裏用のマッサージャーや、ウサギのようにふわふわな肩揉み機など、とても愛らしくて頬が緩む。

琴乃は思わず手を伸ばしていた。

「へぇ、こんなものがあるのか」

雅貴も興味を持ったのか、一つ手に取った。

「昔より随分コンパクトになったし、軽くなったな」

「祖母はよくあちこち痛いとこぼしているので、こういったものは喜ぶと思います」

「むくみや冷えの解消に役立ちそうだ」

彼は足を包みこみ、空気圧でふくらはぎから足裏までを揉み解してくれる商品をじっくり検分している。ひとしきり説明文を読んで納得したのか、雅貴はそれを購入した。

「あの……そんなに高いものではなく、もっとリーズナブルなものでも……」

「どうせ買うなら、機能が優れているものの方がいいだろう。――それに琴乃の大切な家族のためなら、選ぶのも楽しかった」

彼は無表情のまま、さらりと優しいことを言ってくれた。琴乃にとっては商品云々より、その気持ちが嬉しい。裸で抱き合うよりも、今日一日で距離がずっと縮まった気がする。

荷物を抱えた雅貴にどこかで食事をしていこうと誘われ、琴乃は頷いた。

「フードコートに行ってみますか？　雅貴さん、行ったことがなさそう」

「馬鹿にするな。それくらいはある」

「本当ですか？　ファーストフードとか縁がなさそうですけど」

何だか普通のデートのようでとても楽しい。琴乃はこんな気持ちになるのは初めてだった。ずっと『家族のため』を一番に考え気を張って行動してきたから、一個人の『琴乃』として振る舞うのは随分久し振りだ。普通の一人の女として、男性と歩く日が来るなんて、夢にも思っていなかった。しかも自分が先頭に立って引っ張らなくても、さりげなく人ごみを縫いエスコートされている。

女として扱われることが苦手だったはずなのに、今は心地好い。彼と一緒にいると、琴乃は守られる側になれる気がした。甘えることを許される、甘酸っぱい感覚。

和やかに笑いながらフロアを移動していると、その時、突然後ろから呼び止められた。

「雅貴！」

若い女性の声に振り返れば、長い茶色の髪を綺麗に巻き、はっきりとした顔立ちの美女が立っていた。

「杏奈《あんな》……」

彼の声が僅かに硬くなったのは気のせいだろうか。横に立つ琴乃がそっと見上げた先には、いつも通り表情が乏しい夫が、特に何の感情も滲ませずに佇《たたず》んでいる。

「どうしてここに君がいるんですか？」

「それはこっちの台詞よ。貴方がこんな人ごみに来るなんて珍しいじゃない。私はこの近くのレディースクリニックに友達が入院しているから、お見舞いに来たの。それで何か食べて帰ろうとしていたところよ」

いかにも親しげな二人の会話に、琴乃は入りこめなかった。完全に部外者の空気で、居心地が悪い。何となく気を使い、数歩後ろに下がって距離を取った。

「貴方も今から食事？　だったら一緒に行きましょうよ」

杏奈と呼ばれた女性は琴乃には一瞥もくれず、雅貴の腕を取る。彼女の豊満な胸が、彼に押し当てられた。

「悪いけれど、連れがいるので、また今度」

あっさり断った雅貴が、捕らわれていた腕を引き抜く。そして離れていた琴乃を振り返った。

「妻の琴乃です。それからこちらは、彼女は同じ病院で働いている瀬野尾杏奈」

「こ、こんにちは……初めまして。琴乃と申します」

紹介され慌てて頭を下げたが、琴乃は顔を伏せたまま昨夜の記憶を思い出していた。

昨日あまり機嫌がよくなかった彼は『親戚の』『面倒な同僚がいる』と言っていなかったただろうか。同じ瀬野尾の名字を聞き、ピンとくるものがあった。

——てっきり男性かと思っていたけれど、こんなに綺麗で若い女性だったのね……

どうしてか、胸がざわつく。

琴乃は愛想笑いを浮かべ、改めて杏奈を見つめた。

雅貴と少し似ていて、とても美形だ。整った顔立ちは、芸能人と言われれば信じてしまう。ミニスカートからは長い脚を惜しげもなく晒し、堂々とした佇まいは彼女をより一層魅力的に見せていた。

「この人が？」

杏奈は名乗る気がないらしく、不躾な視線を向けてくる。なまじ美女なだけに眼力がすごい。上から下まで舐める勢いで見つめられ、琴乃は若干気圧された。

「ふぅん……今までの雅貴の趣味とは全然違うのね。何て言うか、地味」

美しく紅に彩られた唇を嘲りの形にし、彼女は顎をそびやかした。長い髪を振り払い、射貫く眼差しを更に強くする。

——あ、この人……

こんな時、女は高感度センサーでもついているのだろうか。琴乃には彼女の想いがはっきり分かった気がした。杏奈は、雅貴に特別な感情を抱いている。

おそらく面倒の中身は、仕事上のことではなく恋愛事なのかもしれない。だとすれば彼の妻の座に収まっている琴乃は、彼女にとって非常に邪魔な存在だろう。

案の定、敵意に満ちた瞳を向けられた。

「杏奈、失礼なことを言うのはやめてほしい」

「あら、ごめんなさい。私正直だから。雅貴ったら、恋愛と結婚は別っていうタイプだったのね。まぁ貴方は忙しいし、家では綺麗に着飾っている女より、特技は家事だけな女の方が好ましいわよね」

暗にお前は家政婦だと言われた気がするが、たぶん勘違いではない。杏奈の言葉には鋭い棘《とげ》が端々《はしばし》に感じられる。嫉妬や憎悪が隠しきれず、滲み出ていた。

「……はい。雅貴さんに飽きられないよう、頑張ろうと思っています」

しかし、真実は杏奈の言う通りなので、琴乃は微笑みで返せた。言葉の裏にある悪意には気がつかない振りをして、朗らかに返事をする。

だが、何故だろう。シクシクと胸が疼く。痛みとも認識できない程度の何かが、つかえとなって蟠っていた。

唯一の救いは、雅貴が彼女に丁寧な言葉遣いを崩さないことだ。琴乃と話す時とは違い、線引きするように外面のよさを発揮している。ただ単に自分には敬意を払う必要がないと思われているだけかもしれないが、心を許されている証のようでどこか嬉しかった。

「何よ、感じ悪い……っ」

どっちが、と内心琴乃は毒づいていたが、ここは何も分からない振りをしてやり過ごす。挑発に乗る気はないし、同じ土俵で勝負するつもりもない。

一見儚げで大人しそうな琴乃だが、実は負けん気は人一倍強いのだ。

「私帰るわっ。雅貴、趣味が悪くなったんじゃない？」

「それ以上、妻を侮辱しないでくれませんか」

「ふんっ、お父様は貴方に期待しているんだから、がっかりさせないでよっ」

捨て台詞は忘れずに、杏奈は踵を返した。艶やかな巻き髪が、ふわりと揺れる。カツカツ鳴るヒールの音が彼女の怒りをそのまま表しながら、遠ざかっていった。

「……杏奈め、喧嘩《けんか》を売る相手を間違えたな」

「え？」

「いや。何でも思い通りにしてきたお嬢様には、いい薬だろう。やっぱり琴乃を選んで正解だった。あいつをあんなに上手くあしらったのは、君が初めてだ」

「……褒めてくださっているなら、ありがとうございます。でも、ご親戚なんですよね？これから揉めたりしませんか？」

余計な火種を撒いてしまったのなら、申し訳ない。素直に謝るつもりで、琴乃は雅貴を見つめた。

「従妹だが問題ない。もともと僕らを結婚させたがっていたのは伯父だけで、うちの両親は乗り気じゃなかった。君が心配しなくても大丈夫だ。まったく……本当に面倒だな」

「そうですか……」

さらりと明かされたが、やはりそんな話も出ていたのか。気安く名前で呼び合う二人の姿が琴乃の脳裏《のうり》によみがえる。彼に杏奈と結婚する意志はなかったようだが、本当に完全に流れた話なのだろうか。

──私たち、籍は入れていても、まだ式を挙げていないのよね……

何事もなければこの関係は延長される契約であるが、もしも雅貴の気が変われば──簡単に解消されることになる。

──嫌だな。

ぽつりと浮かんだ感慨に、驚いたのは琴乃だった。『困る』ではなく『嫌だ』と感じている自分に心底驚愕する。仕事としてだけではない気持ちが育っていることを痛感した。

春馬の治療費の問題だけではなく、雅貴との生活をなくしたくなかった。贅沢を知ってしまったからではない。そういう意味でなら、琴乃は極力以前と変わらぬ生活を心がけている。

けれど、彼と二人で過ごすのは楽しかった。特別何かイベントがあったわけではない。お互い距離を測りつつ手探りで日々を暮らしてきただけだ。それでもたぶん、解放された心地がしていたのかもしれない。

姉として、一家の主婦として、唯一の稼ぎ手として、琴乃はこの二年間をがむしゃらに頑張ってきた。勿論不満はなかった。自分で選び、好きでしてきたことだ。納得していたし、家族のために努力する自身を誇りに思っていた。

それでも――人は疲れてしまうことがあるのだと知る。

琴乃だってまだ二十四歳。世間的にはとっくに成人したとみなされるが、まだまだ幼い部分が残る年齢だ。親に甘えたい時だってある。お洒落やグルメ、美容と趣味に夢中になって、己のことで手一杯になっても許される年頃ではないだろうか。

だが、そういった全てに背を向けた数年間だった。両親が亡くなってからだけではなく、ストーカー被害に遭った十七歳の時点でもう、琴乃は沢山のことを諦めていたのだと思う。家族に色々な不自由を味わわせ、犠牲を強いた自分には、幸せになる権利はないと心のどこかで考えていた。

しかし雅貴は琴乃を『ただの琴乃』として扱ってくれる。犯罪被害者でもなく事故の遺族でもなく、一人の女として。不必要に哀れむこともなく、かと言って無関心でもない。そんな距離が、今の琴乃には丁度よかった。

「あの方、雅貴さんのことを……」

「……杏奈には改めて注意しておく。不快な気分にさせて、悪かった。——ああ、本当に面倒臭いな。だから色恋は嫌いなんだ」

「……いいえ、気にしていません」

この気持ちを、知られてはいけない。

肌を重ねて情が湧いたと言われれば、否定はできない。しかし誰にも許せなかった内側へ、彼を迎え入れることができたのは事実だ。それを特別と呼ばず、何と言うのだろう。

——愛されているわけではない私でさえ、幸せを感じるんだもの……これがもし本当に相思相愛の相手であれば、雅貴さんはきっともっとその人を大切にするに違いないわ……

もし、彼が本心から望む相手が現れたら。雅貴と琴乃の関係は終わりだ。もともとそういう約束で始まった、期限を定めない契約だったのだから。いいやその前に、万が一にも琴乃の想いを知られてしまったらどうなるのだろう。

勘違いする女が煩わしいと語っていた彼にとって、共犯者である琴乃の気持ちは必要ない。むしろ、完全に不要なものだ。

——絶対に知られては、いけない……

悟られてしまえば、切り捨てられる。利用価値がなくなった琴乃から、別の女性へ乗り換えるに違いない。杏奈と同じ、面倒臭い女に成り下がってしまう。

簡単に予測できる未来に、琴乃はひっそりと拳を握り締め、己を自戒した。


帰りの電車内は、お互い無言だった。

もとより会話が弾む二人でもないので、それ自体は不思議ではない。けれど今日は重苦しい空気が流れている。琴乃は車窓の外を流れる景色を、ぼんやり見つめていた。

途中までは楽しかった気分が、今はもう見る影もなく萎んでいる。何だかどっと疲れた心地で、溜め息を吐いた。

「……電車に乗るのは、久し振りだ」

先に沈黙を破ったのは、雅貴だった。

「……学生時代以来、ですか？」

「後は医師会の集まりとかだな。だがそれも新幹線ばかりだから、こういう在来線は本当に久々だ」

たどたどしく会話を続けてくれるのは、彼もまた気詰まりを感じているからなのかもしれない。琴乃は胸中にあるモヤモヤには蓋をして、隣に座る雅貴へ顔を向けた。

「もし荷物が大丈夫でしたら、一駅手前で降りて歩きましょうか」

このまま帰ってしまうのが、少し惜しい。あともうしばらく、一緒に過ごしたかった。琴乃の中でこれは、紛れもなくデートなのだから。

「そうだな……」

夕暮れが近づく空は黄色味を帯びていて、どこか物悲しさを漂わせている。一日の終わりはいつも寂しい。間もなく、今日も日が沈む。

琴乃と雅貴は普段ならば使うことのない駅で降り、改札を通った。

二人が住むマンションからさほど離れているわけではないが、知らない街並みが新鮮に感じられる。駅前は栄えていて、大きなビルがいくつも建っていた。

「夕食もどこかで食べていくか？」

「いいえ。荷物がありますし、家に食材はたっぷりありますから、帰ってから私が作りますよ」

昼食は、ショッピングモールのフードコートで食べた。昼時をだいぶ過ぎていたから空いていたし、まだお腹は減っていない。それに琴乃はあまり食欲が湧かなかった。

理由は明白。杏奈のことが気になっていたからだ。

あの綺麗な人が雅貴と同じ職場で働き、長い時間を共に過ごしているのかと思うと胸がざわつく。しかも親戚なのだから、自分が知らない彼の幼少期だって共有しているだろう。

お金の苦労はなく、医師になれるくらいだから頭だっていいはずだ。加えてあの美貌。嫉妬するなという方が無理だった。

――私にはそんな権利もないのに……

無言のまま隣を歩く雅貴の存在が気になる。彼の影は長く伸び、脚の長さがそこからも窺える。琴乃はさりげなく位置を測り、路面に落ちた黒い影と己の影を重ね合わせた。場所は自分の右手と雅貴の左手。

どうしてそんな意味のないことをしたのか分からない。合わさった手の形を眼にし、一拍遅れて慌てて離す。

現実には掠めてもいない指先が、至極熱い。

愚かなことをしたと思う。けれど手を繋ぎたいと思ってしまったのだ。

普通の夫婦であれば当たり前にできることだが、琴乃たちは違う。いくらキスを交わし何度身体を重ねても、ただ手を繋ぐことの方がずっと難しい。

絶対にバレてはならない秘密を抱えた気分で、琴乃は上気した頬を扇いで冷ました。

「琴乃？」

「は、はいっ」

突然彼がこちらを向き、思わず歩を乱れさせる。日が落ちて薄暗くなっていてよかった。立ち止まった雅貴からは、赤くなった琴乃の顔色は見えないだろう。

「喉が渇いたから、あの公園で休んでいかないか」

「え、ええ」

それなら駅前には沢山店があったのにと思いつつ、琴乃は嬉しかった。ひょっとしたら彼もまた、このまま家に帰るのを寂しいと思ってくれているのかもしれない。もう少しだけデートが延長され、文句があるわけもない。

「自販機で飲み物を買ってきます。雅貴さんは何を飲みますか？」

彼は財布を取り出そうとしたが、大きな荷物を持っているので琴乃が止めた。電車賃も食事代も雅貴が出してくれたので、これくらいはと主張する。

「――女性に金を払わせるのは好きじゃない」

「ですが、私たちは夫婦でしょう？　どちらにしても、同じことですよ」

ムスッとして呟く彼に琴乃は微笑んだ。すると雅貴は虚を突かれたように瞠目する。

「確かに。言われてみれば、その通りだ」

苦笑する彼は、いつもの無表情でも意地悪な笑顔でもない。とても優しそうに、レンズの向こうで瞳を細めていた。

「じゃあ、コーヒーを頼む」

「はい。無糖のやつですね」

琴乃は公園の入り口にあった自動販売機で飲み物を買い、人気のないベンチに雅貴と並んで腰を下ろした。木の冷たさが、火照った身体には気持ちいい。

暫し無言の時が過ぎたが、先ほどまでの気まずさは消え失せていた。

昼間なら、子供たちが遊んでいるだろう公園も、夜に染まりつつあるこの時間帯では誰もいない。風に揺られたブランコが、微かにキィと鳴いているだけだ。

琴乃はペットボトルの茶に口をつけ、ゆっくり嚥下《えんげ》した。できるだけ長く、この時間が続けばいい。贅沢は言わないので、あともう数分でいい。時間稼ぎをするつもりで、少しずつ茶を飲み下した。

夕暮れが夜に侵食されるにつれ、気温が下がってゆく。寒くはないけれど、風が出てきた。琴乃が何気なく両手でペットボトルを包んだ時、もっと大きな手が上から重ねられる。

「……っ」

息を呑んだのは一瞬。ごく至近距離で、艶のある黒い瞳がこちらを見つめていた。どちらから先に指を絡め合ったのかは分からない。いつの間にペットボトルの栓をしたのかも、琴乃は覚えていなかった。

ただ、奪われた唇だけが、ひどく熱い。コーヒーの香りが仄《ほの》かにし、苦みあるキスに夢中になった。

切れかけた街灯が照らす頼りない光の下で、琴乃と雅貴は互いの舌を貪り合う。時に激しく絡め合い、または焦らす動きで内頬を擽る。ちゅ、ちゅと濡れた音を奏でながら、幾度も唇を解き再び結んだ。

　昔より琴乃は口づけに慣れたが、これほど長い時間一心不乱に求め合ったことはない。酸欠になるほど荒々しく、背中に回された彼の腕には力がこめられ、しなった腰が少々痛い。抱き潰されそうな勢いの中、それでも雅貴を押しのけようとは微塵も思わなかった。むしろ琴乃は積極的に彼の背に手を回し、必死で縋りつき、たどたどしく舌を差し出す。

　もっと強く抱いてほしい。琴乃の中にある不安さえも壊してしまうくらいに。

「……部屋に戻るまで、待てない」

　火傷しそうな吐息と共に、彼が劣情を吐露した。

　互いの額をコツリとぶつけ、喉を震わせる。雅貴の言わんとすることが分かり、琴乃はこれ以上ないほど真っ赤になった。

「何をっ……まだ、もう少し歩きますよ」

　今、こんなところでそんなことを言われても困る。慌てて離れようとした刹那、彼のスラックスの前が押し上げられていることに気がついた。

「……っ」

「君のせいだ」

　珍しく拗《す》ねたような口調で言う雅貴が、不覚にも可愛く見えてしまった。状況はそれどころではないけれど、彼の欲情が感染し琴乃の息も乱れ始める。

「責任を取ってくれ」

「でもっ、ここは外です……っ」

「——弟のためだと思えば、何だってできるだろう？」

脅迫の言葉が、琴乃を雁字搦《がんじがら》めにする。だが今は、別の意味を伴って琴乃の耳に響いた。

——この人に、飽きられたくない……

春馬の治療費のためだけでなく、自分自身が彼の傍にいることを望んでいる。だから雅貴の望むことをしてあげたくなっていた。強制ではなく、自主的に。

屋外で異性と抱き合うなんて普段の琴乃ならば考えられない暴挙だ。本当なら、キスもするべきじゃない。流されかかっている自分は、きっとどうかしている。

冷静にならなければと主張する真面目で優等生の琴乃を押しのけ、声高に『やりたいようにして何が悪いの？』と叫ぶのは、抑圧され続けてきたもう一人の自分。グラグラ揺れる天秤は、雅貴の瞳に宿る渇望にあっさりと白旗をあげた。

負けたのは、理性を司る琴乃だ。

身体を密着させたまま立ち上がった二人は、縺れるようにして木立の奥へ移動した。いくら人気がなくても、ベンチの上で淫らな真似をする勇気はない。静まり返った公園の中、ガサガサと草を踏む音だけが耳を打った。

入り口からも、周囲の住宅からも死角になる大木の下で、もう一度キスをする。半ば背中を木に押しつけられ、琴乃は覆い被さる彼に背伸びして抱きついた。背後で、樹皮が擦れる音がする。ざわざわ鳴る葉の隙間から、空に輝く星が覗いていた。いやむしろ、星の方がこちらを見下ろしているのかもしれない。

天井も壁もない屋外、いつ誰が通りかかるとも知れない公共の場所で信じられないことをしている。罪悪感と羞恥に駆られるほど、琴乃の頭は白く鈍っていった。

服の上から身体を弄り合い、もどかしい刺激に打ち震える。敏感な箇所に触れなくても、充分快楽は得られた。雅貴の香り、声、気配を感じるだけで、どうしようもない昂りが湧き起こってくる。

先刻から琴乃の胸は高鳴りっ放しで今にも口から飛び出しそうだ。

祖母に知られたらきっと『ふしだら』だと責められそうだが、立ち止まれない。スラックスの前だけ寛《くつろ》げた彼が琴乃のスカートを捲り上げ、下着を横にずらし繋がってくる。痛みを覚えてもおかしくない性急さなのに、感じたのは圧倒的な快楽のみだった。

立ったまま受け入れるのは初めてだが、琴乃の内側は待ち侘びたと言わんばかりに雅貴の屹立を締めつける。慣れない体勢によろめくと、彼がしっかり支えてくれた。左脚を持ち上げられ、串刺しにされる。倒れないように雅貴にしがみついた琴乃は、潤んだ吐息を漏らした。

「……は、ぁ……」

いつもとは擦れる場所が違う。昨晩座った状態で背後から抱かれた時とも異なった。不自由でまともに動くことも困難なのに、満たされているのは何故だろう。まざまざと感じる彼の形が、普段よりも大きい気がするからだろうか。

服を着たまま必要な部分だけを擦りつけ合って、肉欲に耽る自分たちは紛れもなく獣だ。もしも他人に見咎められれば大変なことになると分かっていても、何かに追い立てられて止められない。

声を堪え、淫靡な水音さえ最小限に抑えて交わり合った。いつもの雅貴ならもっと荒々しく動くが、殊更ゆっくり琴乃の内壁を味わっている。時間をかけ奥へ到達し、そこからたっぷり焦らしながら引き抜かれた。

摩擦される幅はとても狭く、わけが分からなくなるほどの喜悦からは物足りなさが否めない。けれどその分、隘路全てが彼の楔を堪能していた。抱かれているより自分が雅貴を抱いている錯覚に、琴乃は背筋を慄かせる。

肌が粟立ち全身に痺れが走った。

「う……っく……」

奥歯を噛み締め琴乃が声を堪えると、彼が口づけを促す。雅貴の口内に嬌声を漏らしながら、琴乃は絶頂へ向け押し上げられていた。あまり深く突かれることはなくても、彼を頬張ったまま腰を回されると堪らない。硬い繁みの感覚は、自分のものではなく雅貴のものだろう。

昨晩、大事な部分を剃られてしまったことを琴乃は思い出し、余計に全身が熱を孕む。今、自分のそこは何物にも守られない無防備な状態なのだ。鏡の前で演じた痴態に野外でも耽っているのかと思うと、下腹がキュウと収縮した。

「……っ」

彼が息を詰め、琴乃の耳朶に噛みついた。刹那の痛みは舌で舐られたことにより霧散する。甘い刺激となって、頭も、身体も蕩けさせた。

「ん、ぁっ……っふ、ぁ」

立っているのが辛くなり、次第に声も抑えきれなくなる。琴乃は崩れそうになる足を必死で踏ん張った。しかしそれは、口元が疎《おろそ》かになるということだ。どちらかに集中すれば、もう片方に気を配れない。

倒れまいと頑張れば、卑猥な嬌声が漏れていた。唇を噛み締めれば、今にもしゃがみこみそうになる。どうにか立っていられるのは、雅貴の腕に支えられ貫かれているからだ。

「……っ、いつも以上にナカがうねっている……っ」

「いやらしいこと、言わないでくださっ……ぃ、ぁぁ……っ」

声を出せないことがこれほど辛いとは知らなかった。我慢すればするほど、体内に発散できない嵐が溜まってゆく。それは鎮まることなくどんどん力を増し、今や琴乃を丸呑みにしようとしていた。

掻き出された蜜が太腿を伝い、服に染みないか心配になる。しかしまともな思考ができたのはそこまで。

緩やかに動いていた彼が突然下から鋭く突き上げ、琴乃は爪先立ちになった。

「ひ、ぁあっ……」

「君は自分がどれだけいやらしい身体をしているか、知らないのか？」

「ゃ、あ……駄目っ……」

雅貴の屹立に押し上げられ、踵《かかと》が浮く。プルプル震える太腿を彼に摩られ、琴乃の中から新たな蜜が溢れた。

気持ちがよすぎておかしくなる。もっと口走りそうになり、慌てて虚勢を張った。

「私はっ……いやらしくなんて……っ」

「とてつもなく卑猥だよ。こんなに敏感で快楽に従順な女はそうそういない。口では嫌がりながらも、美味しそうに僕のものを咥《くわ》えている。しかも子供みたいにツルツルで」

今まさに彼が収まる下腹を撫でられ、クラクラと眩暈がした。ぐちぐちと咀嚼する淫音が下肢から聞こえてくる。再びゆったりと掻き回され、宙に浮いた琴乃の左爪先がピクピクと痙攣した。

「そん……なの、全部雅貴さんのせいです……っ」

「ああ、そうだね。全部僕が教えた。何も知らない無垢な君を、ここまで汚して染め上げたのは、僕だ」

うっとりと呟いた彼は、琴乃の首筋に顔を埋めた。

琴乃が大きく息を吸えば、汗の匂いが鼻腔《びこう》を擽る。同時に、雅貴の香りも。

密着しすぎているせいで動けないが、包みこまれる心地好さに陶然とする。琴乃は伸ばした手で彼の頭を掻き抱いた。

「……いいな、それ。他人に頭を触られるのは苦手だったけど、君にされるのは嫌いじゃない」

特別だと、少しは認識してくれているのだろうか。だったら嬉しい。

サラサラの黒髪に指を遊ばせ、琴乃は彼の耳に舌を這わせた。先ほどのお返しだ。一瞬ビクリと背を強張らせた雅貴は、冷ややかな流し目をこちらに向けた。

「どこでそんな手管を覚えた？」

「貴方の真似です。だって全て……雅貴さんが教えてくれたことだから」

嘘偽りのない真実を述べれば、彼は微かに瞳を揺らした。その黒い色に、複雑な光がよぎる。

何か余計なことを言ってしまっただろうか。男女のことに疎い琴乃には、いまいち判別ができずに戸惑った。

「ああ……そうだな。全て、僕が教育したのだから……君は僕のものだ」

「あの、私……」

「……んぅっ」

再び強く突き上げられて、琴乃の背中が木に押しつけられる。どうにか大きな声を漏らさずに済んだのは、噛みつくようなキスで悲鳴を喰らわれたからだ。深く唇を合わせたまま、上も下も交じり合う。激しくなる水音がどちらから奏でられているのかもはや区別は難しい。

琴乃は雅貴の首に両腕を回し、懸命に縋りついた。

「ふ、く……んぁっ」

「琴乃の声が聞けないのは、残念だな」

「ひ、ぁ……駄目っ」

唇を解放されてしまうと声が抑えられなくなる。体内に燻《くすぶ》る熱はどんどん大きくなりあともう少しで弾けてしまう。そうなれば琴乃は喘ぎを我慢できなくなるだろう。

もしも人に聞かれたらと考えると、背筋が凍った。だが快楽物質に支配された身体と頭は、無関係に絶頂へ上り詰めてゆく。

琴乃は自ら口づけを視線でねだり、淫猥に舌を蠢かせ、半開きになった口から覗かせる。

雅貴の喉がごくりと上下したのは、その時だ。

「……教えた以上じゃないか」

「んんっ……ぅうーッ」

左脚を抱え直され、残る手で腰を固定される。背後には大木。どこにも逃げ場がない状態で琴乃は思い切り突き上げられた。一瞬、地面についていた右脚は浮いたかもしれない。それほど激しく穿たれた。お互い無言のまま、何度も。

眼前に星が散る。真っ白い光が弾け、体内に白濁が注がれた。最後の一滴まで吸い上げようと、己の内側が蠕動《ぜんどう》する。琴乃の子宮は本能の赴《おもむ》くまま彼の欲望を奥へと誘いこみ、歓喜しながら飲み下していった。

「……ぁ……あ……」

余韻が深く、高みから降りてこられない。口の端から垂れた唾液は、雅貴が舐めとってくれた。

「……は、すごいな」

倒れこみかけたところを支えてくれたのは彼だ。琴乃の両足は完全に痺れ、しばらく使い物になりそうもない。軽々と抱き上げられ先ほどまで座っていたベンチに戻る。

そう言えば、飲み物や購入した品物をそのまま置きっ放しにしていた。いくら治安がいいと言っても、流石に警戒心がなさすぎる。反省しつつ、今の琴乃にできることは何もなかった。

何しろ、指一本動かす気力もない。脚の間をトロリと流れ落ちる子種に、ようやく気がついたくらいだ。

「あ……避妊……」

「悪い。そんな余裕なかった。――だがまぁ、できたらできたで構わない」

「え……」

いったいどういう意味だろう。最初の時以外、彼はいつもきちんと対策を取っていた。だから琴乃との子供は望んでいないと思っていたのだが――

「少し休んだら、帰ろう」

雅貴に肩を抱かれ、寄りかかる。暴れる心臓の音は、なかなか静まってくれなかった。

4　軋み

翌日。ジムに行く雅貴を見送ってから、琴乃は部屋を出た。

どうやら同じフロアで引っ越しがあるらしく、エレベーター内は保護材が巻かれ、雑然としていた。横目でそれらを窺いつつ、階下に降りる。

春馬との待ち合わせ場所に到着したのは、約束の十分前。弟は、既に駅前の時計塔の下で待っていた。

「姉さん！」

満面の笑みで駆け寄ってくる姿は、まるで人懐こい大型犬だ。ブンブン振る尻尾が見えた気がする。

「待たせてごめんね、春馬」

「全然待っていないよ。俺も今来たところ」

きっと一時間待たされてもそう言いそうな彼は、雅貴ほどではないにしても女性の視線を集めている。琴乃はあからさまな『あの女は誰？』の眼差しに耐えきれず、速やかに移動を開始した。

「行こう、春馬」

以前は気にならなかったが、離れて暮らすようになり、弟の格好よさを改めて認識した。近くにいすぎてすっかり麻痺《まひ》していたけれど、そう言えば彼はモテる。

目当ての介護用品を扱う店に向かいつつ隣を歩く春馬を見上げれば、顎のラインがシャープになり、精悍《せいかん》さを増した気がした。

「少し、痩せた？」

「え？　体重は別に変わらないけど……どうしたの？　一昨日も会ったのに」

「そうだけど、何だか気になって……ちゃんと食べているの？」

「姉さんは心配性だな。ちゃんと祖母ちゃんと二人で料理して、しっかり生活しているよ。ヘルパーさんが定期的に来てくれているし」

上手くやっているという彼の言葉に嘘はないだろう。たぶん、琴乃がいなくても問題なく元気に暮らしているはずだ。それを寂しいと思うと同時に、心底ほっとしていた。

「だったら、いいの。安心したわ」

「……姉さんこそ、どうなの」

僅かに言い淀み、春馬が横眼でこちらを窺う。その瞳は至極真剣で、ごまかしは通じそうもなかった。

「どうって……順調よ」

「あの人と、やっていけるの」

弟の声に含まれた棘を感じ取り、琴乃は眉間に皴を寄せた。

「あの人なんて呼ばないで。春馬のお義兄さんでもあるんだから。できれば仲良くしてほしいわ」

媚びを売れとは言わないが、普通に接してほしい。せめて無視などはやめなさいと琴乃が告げると、彼はむっつりと押し黙った。

「聞いているの？　春馬」

「……聞いているよ。でも、本当に信用できるのかよ。あんな計算高そうな男、裏があるに決まっている。姉さんには似合わない」

意外に的を射た意見に、琴乃は一瞬息を呑んだ。確かに裏はある。計算高いことも間違っていない。春馬は見た目よりも観察眼が鋭いらしい。

「勝手な印象で、決めつけては駄目よ。雅貴さんは、本当に親切でいい人なんだから」

「信じられないな。あの人、いつも眼が笑っていない。どこか冷めていて、嘘臭いんだよ。祖母ちゃんは好青年だなんて言っているけど……俺にはとてもそう思えない。姉さん、利用されているだけなんじゃないの」

「春馬……それ以上言うと、流石に私も怒るわよ？」

琴乃が声を低くすると、いつもなら春馬が謝って終わりになる。しかし今日の彼は強情だった。

「考え直せよ。今なら間に合う。まだ結婚式は挙げていないだろう？　同居を解消して帰ってくればいいじゃないか」

「何を言っているのよ……」

もとはと言えば誰のために、と言いかけて琴乃は口を噤んだ。これは、禁句だ。そもそも自分が勝手にしたことで、春馬の意志とは関係ない。恩に着せるような言い方をするのは、マナー違反だ。

——それにもう、私のためでもあるのだから……

琴乃自身が雅貴と一緒にいたいから、愛はないと知りつつも傍にいる。誰の『ため』でも『せい』でもない。

「春馬、私は今幸せよ？」

世間一般の普通の形とは違うけれど、満たされている。だから、愛情までねだっては、罰が当たるに違いない。

「……どこが？　どう見たって、お互いに好き合っていないのに。挨拶に来た時、あの人の姉さんを見つめる眼がすごく冷静だった。普通、大事な女が隣にいたら、もっと男は熱心に見つめるもんだよ。隠そうとしたって、感情が溢れてなかなか隠しきれない。俺だって――」

言いかけて、春馬は口を噤んだ。緩く頭を振り、茶色のくせ毛をガシガシと掻く。

「そんな状態で、幸せになんてなれるのかよ」

「心配してくれてありがとう。だけど大丈夫よ。だって私が、望んだことだもの」

「……っ」

琴乃が微笑めば、彼は悔しげに顔を歪めた。もごもごと口が動いているのは、悪態を吐きたいのを堪えているからかもしれない。額に掌を置いた春馬は、大きな溜め息を吐き出した。

「……騙されて泣いても知らないから」

「騙されるかどうかはともかく、そうね。この先泣くことがあれば、春馬に慰めてもらうわ」

ごく軽い調子で琴乃は言ったが、彼は真剣な面持ちでこちらを見つめてきた。まっすぐ注がれる視線の強さに、思わず動揺してしまう。

「な、何？」

「……いや。うん。いくらでも慰めてあげるよ。俺が願うのは、姉さんの幸せだけだから」

「私だって、春馬の幸せを願っているわ。手術予定も決まったんでしょう？　ちゃんと治療を受けて、私を安心させてよね」

微妙な顔をする彼に背を向け、琴乃は辿り着いた目的の店舗の扉を押し開いた。

――騙されて泣く、か。最初から雅貴さんの考えは聞いているから、騙されることはあり得ないけれど……

琴乃が泣きを見るのは、そう遠くない未来かもしれない。何となく、そう思う。

痛みに似た思いを抱え、琴乃は春馬とプレゼントを選んだ。事前に決めていた通り、がっしりとした作りのショッピングカートを祖母の誕生日プレゼントとして購入し、帰路につく。それなりに楽しい時間を過ごしつつも胸中にあるのは一つだけだった。

「それじゃ、また。気をつけて帰るのよ」

春馬と別れた後の道中も、頭の中を占めるのは雅貴のことばかり。

この関係がいつまで続くのか、考えると不安になる。少し前までは、一日でも早く解消されればいいと思っていた。春馬の治療さえ終わってしまえば、琴乃はいつ捨てられても構わない。むしろ早くその日がくればいいと願っていたほどだ。

けれど今は。

できるだけ長く、一緒にいたい。叶うなら、この先もずっと。隣で年を取っていけたら、どれほど素晴らしいだろう。そしてもしも、子供ができたら――

琴乃はそっと自分の下腹部を撫でた。平らな腹に雅貴の血を引く命が宿ったら、嬉しい。きっと自分は歓喜して、大切に生み育てるだろう。万が一、彼との別れが訪れたとしても生きる希望になってくれる。

「……その時は、瀬野尾家に取られちゃうのかしら……いらないと言われるのも辛いけれど……」

いくら考えても、明るい未来は思い描けない。打算と計算の上に成り立った関係に、愛はない。求めてもいけない契約を結んだのは自分自身。間違っていたとは思わないが、もしも過去に戻れるとしたら――

琴乃が思い悩みながら、途中スーパーで買い物をしてマンションの前まで来ると、そこには見覚えのある人影が立っていた。

「……杏奈さん？」

真っ赤な服を着こなし、苛々とした様子で煙草《たばこ》を消した彼女は、琴乃と目が合うと一直線にこちらへ突き進んできた。

「いったいどこに行っていたのよ。雅貴に電話しても一向に出ないし……ちょっと一緒に来て。話があるの」

「私にですか？」

正直、嫌だ。琴乃の方には全く用がない。しかし強引に腕を引かれ、連行される形で歩き出した。

このマンションは住人の許可がなければロビーにも入れない。杏奈は突撃したのはいいが、琴乃も雅貴も不在で、仕方なく外で待っていたらしい。

「その先に車を停めてあるわ」

「あの、私夕食の準備をしなくてはならないので、遅くなるのは困ります」

右手に提げたエコバッグを示すと、杏奈の顔が一層険しくなった。

「手料理なんかで雅貴に取り入るつもり？　貧乏ったらしいお弁当なんか毎日持たせて、あざといのよ」

言うだけ言って、引き摺る勢いで腕を引っ張られる。全くこちらの都合を聞かない彼女に腹が立ち、琴乃は足を踏ん張って立ち止まった。考えてみれば、杏奈に従わなければならない理由はない。それに、先ほどの春馬との会話で少々モヤモヤしていたのも、強気になった原因の一つだ。

「御用があるのなら、今ここでどうぞ」

毅然と言い放てば、彼女は虚を突かれたように口を開けた。

大人しそうな琴乃なら、威圧的に命じれば簡単に言うことを聞くと思ったのだろう。反抗されるとは微塵も考えていなかったのか、杏奈は信じられないものを見る眼で睨みつけてきた。

「貴女ね……自分の立場というものが分かっていないの？　私は瀬野尾一族の娘よ？　ちゃんと弁えなさいよ」

「……私は雅貴さんの妻です。杏奈さんの部下でも召使いでもありませんよ」

時代錯誤も甚だしい台詞には、わざと冷静に返した。ここで感情的になれば、相手の思うつぼだ。摑まれていた手首をやんわりと外し、背筋を伸ばす。

「私に何か言いたいことがあるのでしたらお伺いします」

思い通りになるつもりはないと琴乃が態度で告げれば、彼女は忌々しげにこちらを睨み据えてきた。理屈より先に負けたくない感情が昂り、一歩も引かずに琴乃も見据える。

「――貴女なんて、雅貴に相応しくないわ」

「それは彼が決めることです」

言われなくても分かっている。琴乃はたまたま、丁度いいから選ばれたに過ぎない。他の誰でも替えが利く、駒だったのだ。痛いほど理解していることを他者から告げられるのは辛い。余計に胸が抉られて、見えない傷が刻まれた。

「ふん、子供ができたわけでもないのにどうやって結婚を迫ったのか知らないけれど、どうせ家政婦として便利だからでしょう？　もしくは跡取りを作るためだけ。雅貴はね、結婚に向いている人じゃないのよ。基本的に一人が好きなの。誰も本気で愛したりしない。

他人と暮らせるような性格じゃないんだから。理解してあげられるのは、長く一緒に過ごしてきた私ぐらいよ」

　痛いところを突かれた琴乃は、僅かに顔を歪めた。敏感にそれを見て取った杏奈は、勝ち誇ったような笑みを浮かべる。

「あらやだ、図星？　そうよね。どうせ形だけの夫婦なら、格下の家からもらった家事だけが取り柄の人の方が扱いやすいもの。雅貴ったら、どこの馬の骨とも知れない女と結婚するなんて言うから驚いてしまったけれど、そこはきちんと考えていたのねぇ」

　口元を覆った杏奈が鈴を転がしたような声で笑う。上品な仕草は板についていたが、琴乃の眼には醜悪《しゅうあく》に映った。胸がむかむかする。一刻も早く、部屋に帰りたかった。自分と彼だけの、安心できる居場所に。

「たとえそうだとしても……貴女には関係のないことです」

「関係ならあるわよ？　本当なら、私たちが結婚して瀬野尾整形外科クリニックを継ぐはずだったんだから。そしてゆくゆくは総合病院にするのよ」

「……雅貴さんにその意志はないと伺っています」

「本当に、何も分かっていないのね」

　嘲笑を漏らし、杏奈は見下した視線で琴乃を上から下まで舐め回した。

「私たちに必要なのは、家柄や財力よ。その点私なら、仕事の面でも雅貴を支えていける。

人生において最高のパートナーなの。対して貴女は、彼に何をしてあげられるの？　家事だけ？　だったらプロに頼んでお金で解決した方がずっと有意義だわ」

琴乃ができるのは、結婚を望まない雅貴の風よけになることだ。そしてそれは、他の誰でも担える役目でもある。勿論、眼前に立つ杏奈にも。

言葉に詰まった琴乃を、勝利を確信した彼女が覗きこんでくる。獲物をいたぶるように舌なめずりする勢いで、杏奈の瞳はぎらぎらとしていた。

「……まして愛されてもいないくせに、いつまで形だけの妻の座に座っているつもり？　どうせお金が目当てなんでしょう？　いくら欲しいの。まったく、親がいないと浅ましくなるのかしら。自分が雅貴の迷惑になっているって、分からないの？」

「――失礼します」

これ以上は、彼女の声を聞いているのも苦痛だ。

いつもの琴乃であれば、上手く躱せる程度の嫌みだったかもしれない。しかし今日の自分には無理だった。色々思い悩んでいたところを春馬に揺さぶられ、挙句《あげく》杏奈に殴りつけられた。精神的に激しく動揺している。

琴乃は摑まれていた手首を振り払い、踵を返した。後ろから彼女が何かを叫んでいたが、意識的に耳から排除する。素早くマンションのエントランスをくぐり、エレベーターに乗りこんだ。

閉じるボタンを連打し、動き始めた箱の中で虚ろに回数表示を眺めていると、突然両膝から力が抜けた。

立っていられなくなり、壁に背中を預けたまましゃがみこむ。

果てしない虚脱感に囚われ、瞬きすることさえ億劫《おっくう》だった。

――雅貴さんに私が相応しくないことも、利用されていることも分かっている。でもそれはお互い様だわ。私だって、利益があるから結んだ契約だもの……今更、傷つくなんてどうかしている。

重々承知していて尚、息もできないほど胸が苦しい。

春馬と杏奈、立て続けに別の人間から告げられた警告が、琴乃の頭の中で忙しく回っていた。わざわざ教えてもらわなくても理解していたことを、他者の口から改めて言われたことで、突きつけられた気がする。許されるなら、眼を背け忘れていたかった現実を。

エレベーターが最上階に到着し、琴乃は追い立てられるように鍵を開け、部屋の中に飛びこんだ。

大急ぎで施錠し、やっと深く息を吸う。

数時間離れていただけなのにもう懐かしい自宅の香りにホッとして、大粒の涙が頬を伝った。

声を出さずに泣くことは、もう慣れた。

琴乃の大切なものは、いつだって指の間から簡単にこぼれ落ちてゆく。今回は、もともと自分のものでもなかったのだから、失ったわけではない。だから傷つかなくても大丈夫。言い聞かせながら洗面所に向かい、勢いよく顔を洗った。

今までなら平気だったのに、急に辛くなった理由は自分でもうっすら分かる。一度は手にした温もりを奪われるのはとても辛い。最初から諦めていたものなら執着などしないけれど、期待した後に突き落とされる奈落は、残酷すぎた。

琴乃にとって、トラウマを刺激されたのも同然だ。七年前と二年前の出来事が、ごちゃ混ぜになってぐるぐる回る。当時の地獄を追体験するように、息ができなくなった。顔を覆い、小さく蹲って嵐が通り過ぎるのを待つだけ。最近は治まっていたフラッシュバックが襲ってきた。

――ゴメンナサイ。私ガ全部悪カッタノ……謝ルカラ、モウ何モ奪ワナイデ……

どれくらいの時間、そうしていたのか。脱衣所の床に座りこんでいた琴乃は、玄関の鍵が開く音で顔をあげた。

覚えてしまった足音は、確かめるまでもなく誰のものか分かる。そもそも、この部屋の鍵を持ち、帰ってくるのは琴乃の他にあと一人だけだ。ジムで汗を流していても、彼はまっすぐ浴室へ向かう。いつも通りの習慣で。

「……琴乃?　こんなところにしゃがみこんでどうした?」

脱衣所の扉を開いた雅貴が驚いた顔でこちらを見下ろしていた。艶やかな黒髪から滴が垂れている。よく見れば、服もしっとりと濡れていた。

「急に雨が降ってきて、雷も鳴っている。予報よりだいぶ早く天気が大荒れだ。タクシーの乗り降りだけでこのざまだよ」

琴乃の物問いたげな視線に気がついたのか、彼は溜め息交じりに呟いた。そして自分も床に膝をつき、こちらと同じ目線の高さになる。

「で、君は何かあったのか？　思ったよりも帰りが早かったな。もっとゆっくりしてくるかと思った」

「……もう、用事は終わりましたから」

春馬といるよりも、雅貴に会いたかったと告げたら、彼はどんな反応を示すだろう。嫌そうに顔をしかめるだろうか。冗談だとみなし、皮肉な笑みを見せるだろうか。

判断できないから、口にする勇気がない。

「……君は僕に何も頼らないな」

雇用主と従業員の線引きを、越えるのは難しい。頼るという行為は、そもそも琴乃にはハードルが高かった。それらのことを上手く説明したいのに、頭が働かず黙りこむ。

動けない琴乃は雅貴の手で抱き起こされ、無抵抗でいると寝室へ運ばれた。

「悪い。君も濡れてしまったな」

謝られて、琴乃は彼がびしょ濡れであることを改めて認識した。慌ててタオルを取りに行きかけ、雨雲に覆われ暗くなった空に走った雷光に身が竦む。

数秒遅れて、雷の音が鳴り響いた。

「……きゃっ—」

どこかに落ちたのかもしれない。ビリビリと空気が震えるほどの音に、耳が少し痛い。凍りついていた琴乃は雅貴に肩を叩かれ、大仰に全身を強張らせた。

「琴乃？」

激しい雨が降っている。昼間の天気から一転し、暴風雨が吹き荒れて窓ガラスに打ちつけていた。天気予報ではここまで大荒れになるとは言っていなかったはずだ。だが今、嵐のような天候になっている。

空を裂く稲光。煩いほど叩きつける雨。

まるで二年前のあの夜の再現だった。違うのは、夜がまだ更けていないこと。だが分厚い雨雲に覆われた空は暗く、早くも宵闇の気配を漂わせていた。

「い、や……」

嵐は嫌いだ。大切なものを壊してしまう。琴乃の宝物を砕き、はるか遠くに連れ去ってゆく。不安定で脆《もろ》くなっていた今の心には、とても耐えられなかった。

「琴乃？」

「やめて……もう私から何も奪わないで！　お父さんたちを連れて行かないで！」

頭を抱えて髪を振り乱した琴乃を抱きとめてくれたのは、雅貴だった。彼の逞しい腕が、バランスを失い混乱した心と身体をしっかりと支えてくれる。包みこまれる熱と香りで、恐慌に陥りかけた精神が正気に返る。

琴乃を守ってくれる人だと、考えるより先に心が判断していた。

「大丈夫だ、落ち着け。僕が誰か分かるか？」

「……雅貴さん」

「そうだ。ここは？」

「私たちの家……」

たどたどしく答えれば、雅貴は大きく頷いた。

「その通り。何も心配ない。そうだろう？　ここはセキュリティがしっかりしている、安全な場所だ。免震構造だし」

彼らしくもない冗談めかした言い方をされ、琴乃の中で何かが決壊した。契約上のパートナーとして引いていた一線を、自ら飛び越える。

肌を重ねる時以外、こちらからは触れないように心がけていた。自分は妻の肩書を持つけれど、本当の意味で夫婦ではない。だからこそ、勘違いしないように己を戒めてきたのだ。

そうでなければ欲張りになってしまう。欲してはいけない『愛情』を求め、雅貴に見限られてしまうに決まっている。だったら、距離を保ったままで構わなかった。

心に刻んでいたはずの覚悟が木っ端微塵に砕ける音を聞いた気がする。

琴乃は彼に縋りつき、その胸に顔を埋めて号泣した。子供のように思い切り声を出し、肩を震わせ嗚咽《おえつ》する。

その間、雅貴はずっと琴乃の頭を撫で、背中を摩ってくれた。

何も言わず、抱きとめてくれる。無条件で琴乃を甘えさせ、気持ちが落ち着くまでひたすら待ってくれた。そのことが、どれだけ嬉しかったか。

自分がしっかりしなければと肩肘を張り続けた裏側で、長く求めてきたものがある。守られて、寄りかかれること。そんな存在が欲しかった。口に出すことも許されないと思っていたから、誰にも打ち明けたことはない。

琴乃自身でさえ、気がついていない願望だった。

「……今までよく頑張ったな」

「……両親が事故に遭ったのは、こんな天気の日でした。全部、一瞬で消えてしまった……お願い、私を置いていかないで……っ」

「どこにも行かない。君の傍にずっといる」

彼の身体に思い切り抱きつくと、それ以上の力で抱きしめられた。苦しいほどの拘束が逆にありがたく、雅貴の濡れた服も気にならない。むしろ自分の服にも水滴が染みていき、一つになれる気がした。

このまま溶け合って、同じものになれたらいい。そうすれば、余計なことを考えずに済む。

琴乃は彼の腕の中でひとしきり大泣きし、やがて疲れ果てて眠りに落ちた。


電話のコール音が遠くで鳴っている。

この家の固定電話が鳴ることは珍しい。大抵はそれぞれの携帯電話にかかってくるからだ。

琴乃が目を覚ますと、受話器を置いた雅貴が寝室に戻ってくるところだった。

「起きたのか」

「……おはようございます」

恥ずかしさと気まずさから、琴乃は掛け布団に潜りながら小さく応えた。

思い切り、醜態を晒してしまった。いくら精神的に均衡を欠いていたとは言え、子供みたいに大泣きして寝入るなんて恥ずかしい。雅貴にどんな顔をすればいいか分からず、琴乃は小さく丸まっていた。

外の豪雨は既に通り過ぎたのか、今は静かだ。雷鳴も聞こえない。案外長い時間、自分は眠っていたらしい。

「気にするな。生活環境が変わってストレスを感じることは、珍しくない。水を飲むか？」

彼は手にしていたペットボトルを差し出してきた。飲みかけのそれを、起き上がった琴乃は迷わず受け取り口をつける。冷たい水が、渇いた喉を潤してくれた。

「……美味しい」

「あれだけ泣けば、干からびてもおかしくない」

「迷惑をかけて、すみませんでした。でも、忘れてください」

真っ赤になって俯けば、雅貴が隣に座りベッドが沈む。自然に彼にもたれる形になり、琴乃は肩を預けた。

「忘れるのは無理だ。普段しっかりしている君が、随分甘えて可愛かったから」

「可愛……っ、か、からかわないでください」

あんなに泣きじゃくっては、きっと顔はひどいことになっている。化粧は剝げ、瞼も腫れていることだろう。とにかく顔を洗わなければと思い、琴乃は慌てて立ち上がった。

「あ……そう言えば、電話はどなたからですか？」

家の電話にかけてくる数少ない人の中には、琴乃の祖母も含まれている。もしやと思い、彼を振り返った。

「ああ、間違い電話だったみたいだ。出たら、すぐに切れた」

「そうですか……」

珍しいなと思いつつ、琴乃は自分が身に着けているものが、大きなTシャツに変わっていることに意識を奪われた。

「濡れてしまったから、着替えさせた。風呂は湯を張ってあるから、琴乃も温まってくればいい」

言われてみれば、雅貴は着替え、髪も乾いている。自分のことに精一杯で、周りがまるで見えていなかったことに改めて気がついた。

「ごめんなさい。……あの、ありがとうございます」

さりげない気遣いが胸を温める。やっと笑みを浮かべられた琴乃に、彼はニヤリと口角をあげた。

「また一緒に入るか？」

「お、お断りします」

先日のような辱めを受けるのはごめんだ。琴乃は逃げ出す勢いで浴室へ走っていった。

足取りは軽い。帰宅時に抱えていた重苦しさは、もうどこにもなかった。

◇◇◇◇◇

世の中には、嬉しい誤算というものがあるらしい。

瀬野尾雅貴は白衣に袖を通しながらほくそ笑んだ。

結婚など面倒なだけの無意味な行為と思っていたが、琴乃との生活は充実している。煩わしさはなく、むしろ居心地がいい。おそらく彼女が自己主張しすぎず、かと言って言いなりになっているわけでもない点が、面白いからだろう。

羞恥を堪え、震える身体に色々教えこむのは、最高の娯楽だった。もっとも、以前ストーカー被害に遭ったことを知っていれば、もっと時間をかけて恐怖を取り除いてやれたのにと悔やまないわけではない。

だがもう今更なので考えないことにする。合理性を貴ぶ雅貴にとっては、考えても仕方ないことにいつまでも拘っているのは愚かでしかない。過去にはそういう点を『冷たい』と交際相手に詰られたこともあるが、どうでもいい。ただ、琴乃に悪感情を持たれるのは嫌だなと思った。

幸い彼女は雅貴と肌を重ねることに恐れも嫌悪も抱かなかったようなので、心底安心している。素直な性格のため、教えたこと以上に覚えがいい。

——他人と暮らすなんて、我慢と妥協の連続だと思っていたが……

存外気楽だし、一人暮らしをしていた頃よりも部屋は綺麗で食事が美味い。何より、仕事から帰るとホッとする光と温もりに満ちていた。琴乃の『お帰りなさい』という声を聞くと、自然に『ただいま』という言葉が出てくる。

見えないところで、彼女が様々な気遣いをし居心地のいい空間を維持してくれているからだ。

あの部屋が自分の帰る場所なんだと、胸に落ちた。

——部屋なんて、寝るだけのものだと思っていたが、違うんだな。

最近では、一刻も早く家に帰りたいなどと考えてしまう。以前の自分からは想像できない変化だ。しかし、こんな心変わりなら悪くない。

琴乃をパートナーにするという選択は間違っていなかった。契約結婚にしては、上手くやれている——そう、思っていた。つい最近までは。

ロッカーを閉めかけ、扉の内側についた鏡の中の自分と眼が合う。ほんの数秒前までご機嫌だった雅貴の気分は、急降下していた。理由は明白。今日の診察予約者の中に、義弟である春馬の存在を思い出したからだ。

初顔合わせの時から、あの青年はこちらに敵意を抱いていた。話を聞く限りシスコンを拗らせているのかと高をくくっていたが、想像以上に厄介だ。

当の琴乃は全く気がついていないようだが、雅貴を睨み据える春馬の眼差しには激しい嫉妬と憎悪が滲んでいた。

二人の血が繋がっていないことはとっくに知っていたし、仲がいいことも把握済みだ。両親を亡くすという経験を経て、姉弟の絆は強固なものになっていたらしい。一般的な家族の枠よりややはみ出し、互いに支え合ってきたに違いない。

面倒だな、という思いはあった。

だが、理想的な条件を持つ琴乃を、今更手放す気にはなれなかった。幸い、春馬のせいで破談になることもなく、結婚話はとんとん拍子に進んだ。指を咥えて姉を見送ることしかできない義弟に優越感もあったのかもしれない。

とにかく最初は打算しかない関係だったが、いざ蓋を開けてみれば、事態は思わぬ方向に進んだ。

しっかりしているようで、弱さを隠している琴乃が、懸命に家庭を築こうと努力してくれているのがいじらしい。

弁当を作ると言われた際は、少々驚いた。これまで高級レストランに連れて行ってくれとねだられたことは何度もあったが、こんな提案をされたことはない。最初は気恥ずかしかったけれど、次第に楽しみに変わっていた。

利用するつもりだった琴乃に、気がつけば夢中になっている。弄んでいたつもりが、溺れていることを察した時にはもう遅い。

いつの間にか眼が姿を追い、耳が声を拾う。休日はできる限り一緒に過ごしたくなり、外食に慣れていた舌は彼女の味を恋しがるようになっていた。これほど一人の女に嵌ることがあるなんて、考えたこともない。いつも心のどこかに琴乃がいる。

それなのに——

少し距離が縮まったかと思っても、琴乃は最後の部分で一線を引く。初めはそんな控えめなところが好ましかったが、次第に苛立ちが募るようになった。我ながら、身勝手だと分かっている。

愛情を望むなと宣言したのは雅貴。だとすれば、彼女からの愛情も乞うことは許されないのに、与えられない果実を求めたくなる。

だが琴乃の話題の中心にいるのは常に春馬で、それが弟に対する姉としての想いであると理解していても尚、面白くなかった。夫である雅貴よりも、彼女にとって関心があり存在が大きいのだと言われている気分になる。

まさか自分が嫉妬に囚われる日が来るなんて、考えてもみなかった。そういった感情とは無縁だと思っていたし、興味もなかったはずなのに。

己の中で日々大きくなる琴乃の存在に反して、彼女には何も変化がない。淡々と日々を過ごし、完璧な妻の役割を果たしてくれている。本来なら感謝するべきところだが、雅貴にとってはもどかしい限りだった。

杏奈に挑発されても動揺しなかったのは、心底雅貴のことを何とも思っていないからだろう。

休日に偶然、面倒な従妹とばったり会ったのには驚いたが、少しだけ期待していた自分にも驚愕した。もしかしたら、琴乃が嫉妬の一つでも見せてくれるのではないかと思ったのだ。

しかしそれはあえなく裏切られ、いつも通り冷静に対応する彼女に落胆した。

翌日、義弟と出かける琴乃を見送りたくなくて、予定よりも早くジムに出かけたくらいだ。

それが、数日前の出来事。

あの日雅貴が部屋に戻ると、彼女の様子は少しおかしかった。ぼんやり脱衣所に座りこみ、虚ろな眼差しには何も映っていなかった。

話しかければ返事はするが、どこか茫洋としていて反応が鈍い。しまいには雷をきっかけにしてパニックに陥った。

——考えてみれば、両親の事故からたった二年と少ししか経っていないのか……

あまりにも琴乃がしっかりとしていたから、彼女の傷を慮ることを蔑ろにしていた。本来ならもっと大事にしなければならなかったはずだ。きっと今までも一人で必死に乗り越えようとしていたに違いない。

反省しつつ、初めて琴乃の脆さに触れられた喜びもあった。あの瞬間、雅貴は生まれて初めて『守ってやりたい』という感情を他者に抱いたのだ。顔をぐしゃぐしゃにして泣きじゃくり、疲れ切り無防備に眠ってしまうなんて、おそらく春馬でさえ見たことがない姿だと思う。

信頼され、甘えられていると感じた。勘違いではない証拠に、目を覚ました彼女は、これまでにない可愛らしさを披露してくれた。布団の中で丸まって、真っ赤になった顔を隠す仕草は、犯罪級に愛らしい。思わず覆い被さりたくなったが、どうにか堪えた。

結局あの晩は、肌を重ねることなく同じベッドで眠った。

ただ琴乃を抱きしめて、いつもより早い時間に眠りに落ちる。人の温もりが心地好く、あんなに穏やかな夜は、共に暮らして初めてだった。

快楽を追うのではなく、仕事で疲れ切って眠るのでもなく、互いの存在や重みを感じ合うだけの贅沢な時間。腕の中に彼女を閉じこめただけで満足だった。

雅貴は他人が傍にいると眠りが浅くなる方だったが、琴乃だけは例外らしい。彼女の肌から香る匂いに包まれ、吐息を聞いていると心が安らいだ。

――今からでも遅くないだろうか……

本物の夫婦になるためにはどうすればいいだろう。

これまで雅貴が関係を持った女性たちとは違い、贅沢に溺れない琴乃には高価なプレゼントは逆効果だ。彼女の祖母のために購入した品でさえ、ずっと恐縮していた。もっと安価なものをさりげなく勧めようとしてきた姿は、思い出すと笑ってしまう。

瀬野尾家の嫁として恥ずかしくない程度に装ってはいるが、散財しているわけでもない。暇になっても、やれカルチャースクールだ買い物だと浮かれるのではなく、せっせと祖母に会いに行き家事を手伝ってくる始末。

これまでの女と違いすぎて、何をすれば琴乃が喜ぶのか全く分からなかった。

――家族の話をする時は、生き生きしているな……不本意だが、あの弟と和解した方が得策か。

これから会う春馬のことを思い出し、思わず渋面になる。

琴乃が、自分の人生を切り売りしてでも助けたかった大事な弟。妬心を抱くなという方が、到底無理な話だった。

待合室から診察室に入ってくるなり、春馬は雅貴を睨みつけてきた。引き結んだ唇は屈辱を表している。面倒臭い。しかし相手は患者。

雅貴はあくまで医師として丁寧に接した。

「膝の調子はどうですか？」

「姉さんと別れてくれ」

被せるように言われ、流石に眼が点になる。傍らに立っていた看護師も、ぎょっとして固まっていた。

「……今日は手術前の打ち合わせと診察に来たのかと、思っていましたが？」

「姉さんと以前から付き合っていたなんて嘘だろ。交際相手がいた素振りなんてなかったし……姉さんには無理なはずだ。あんたが無理やり唆《そそのか》したんじゃないのか」

捲し立てる義弟に雅貴は瞳を眇《すが》めた。身振りで看護師を退出させ、軽く息を吐く。

「プライベートな話なら、時間と場所を選びなさい。ここは病院ですよ」

わざとゆったり脚を組み、背中を椅子の背もたれに預けた。内心の葛藤を押し殺し、大人としての余裕を滲ませる。軽くあしらわれたと悟った春馬は、眦を吊り上げた。

「じゃあどこで話せばいいって言うんだ。お前の家に行ったら、姉さんがいるじゃないか。傷つけるような真似、できるかよっ」

怒りで燃える双眸に宿っているのは、激しい嫉妬だ。

「――僕たち二人の問題に、いくら弟でも口を挟んでもらいたくありませんね。君だってお姉さんの幸せを願っているのでは？」

だからこそマンションに押しかけてこないし、表立って結婚に反対もしなかったのではないのか。雅貴は拳を握り締めて俯く春馬をじっと見つめた。ゆっくりと彼が顔をあげる。

「俺は、あの人を姉だと思ったことは、一度もない」

はっきりと、一言ずつ区切るように告げられた台詞が、じわじわと浸透してくる。雅貴は眼鏡の奥で瞬いた。

「……何が言いたいのですか？」

「そのままの意味だ。俺にとって姉さんはいつだって一人の異性だった」

春馬の眼に宿るのは、家族愛などではなく、恋情だった。それも長い間一人の女を想い続け、一途に捧げたものだ。彼らの両親が再婚してからだとすれば、二十年近く拗らせたことになる。

雅貴は深々と溜め息を吐いた。薄々分かってはいたが、まさか口に出すとは思わなかった。これは、一人の男からの宣戦布告だ。

「……なるほど。それで？　君は琴乃をどうしたいんだ？」

もはや丁寧な言葉遣いなど忘れ、雅貴は愛想笑いも取り払った。素のままの無表情で春馬を見返し、顎をそびやかす。眼の前にいるのは、義弟などではない。同じ女を欲する害悪だ。

「返せよ。姉さんが俺以外の男と暮らせるはずはない。あの人は――」

「ストーカー被害に遭って、男性恐怖症だからか?」

先回りして答えてやれば、春馬は瞠目してこちらを凝視した。

「姉さんが、話したのか……っ?」

「ああ。琴乃が教えてくれた。君が助けてくれたことも、その際怪我を負わせてしまったことも。彼女は責任を感じているようだった」

「どうして……あんたなんかに……」

どうやらあの件は春馬にとって『二人だけの秘密』だったらしい。確かにわざわざ人に語る内容でもない。事件になっていないのなら隠したいと思うのが心情だし、琴乃も他人に打ち明けたのは初めてだと言っていた。

春馬としては、雅貴が琴乃本人から聞いていたのはかなりショックだったようだ。

「知っていて、姉さんに結婚を申しこんだのかよ? まさか脅迫したんじゃないだろうな?」

「心外だな。そんなことするはずがないだろう。だいたい被害者の側を脅してどうする」

破綻した論理には嘆息しか出てこないが、春馬が本気で琴乃のことを姉以上の存在だと認識していることは理解できた。雅貴は深く息を吸い、努めて冷静に受け応える。

「まさか君も、その手の犯罪は被害者に落ち度があると考える輩《やから》か?」

「そんなわけないだろう! 俺はただ、姉さんがこれ以上辛い目に遭わないようにしたいだけだ」

声を荒らげる義弟に嘘を吐いている様子はない。たぶん彼なりに、ずっと姉を守ってきたつもりなのだろう。そして琴乃も、春馬を頼りにしてきた。

雅貴の胸に、焼けつく感情が生まれる。ジリジリと焦げつくものが、どんどん広がっていった。

この姉弟が、互いに抱える感情は別の種類かもしれないが、それぞれ『一番大事にしている相手』だということは変わらない。誰も入る余地がないほど、強く結びついている。

気分が悪い。どうしようもなく苛立って、雅貴は腕を組んだ。

「……言っている意味が分からないな。まるで僕が琴乃を不幸にするみたいじゃないか」

「……するだろ。だって姉さんはあんたを愛してなんていない」

動揺を顔に出さなかった自分を褒めてやりたい。

雅貴は「君には関係ない」と怒鳴りたいのを堪え、平静を装ったまま立ち上がった。

「どうやら君は今日、診察を受ける気がないようだね。少し頭を冷やして落ち着いてからまた来なさい。受付には話を通しておく」

自ら診察室のドアを開き、春馬を外へ誘導する。彼は無言で雅貴の脇を通った。

「春馬君、今日のことは琴乃に秘密にしておく。いい加減、姉離れしなさい」

思わず捨て台詞を吐かずにいられなかった自分が、雅貴は信じられなかった。こんなことを言うほど追い詰められていたのかと内心戸惑う。春馬は悔しそうに歯を食いしばったが、他の患者や病院関係者の眼があることを思い出したのだろう。何も言わず、振り返ることもなく診察室を後にした。

その後ろ姿を見送って、雅貴は仕事に戻る。表面上はいつも通りに業務をこなしたが、心の中は激しく揺れ動いていた。

今すぐ琴乃のもとに行きたい。いや、会いたくない。顔を合わせれば、きっと冷静ではいられない。『愛していない』という春馬の一言が煩いほど頭の中で繰り返される。

無心に仕事をこなしていれば一時的に嫌なことは忘れられた。しかし無情にも、時間は過ぎる。帰り支度をしていると、今度は満面の笑みを浮かべた杏奈が話しかけてきた。

「貴方たち、上手くいってないんじゃない？」

「……何の話です？」

「とぼけないで。あの人のことよ」

今日も完璧に施された化粧に隙はなく、医師には似つかわしくないハイヒールで彼女は武装していた。髪だけは一つに結んでいるが、派手であることに変わりはない。

雅貴はうんざりとした本音を隠し、表面的には丁寧に応対した。タイミング悪く、周囲には誰もいない。面倒なので最近は極力二人にならないよう気をつけていたのに、失敗した。今は特に、杏奈の相手をする気分ではない。

「僕と妻のことなら、口出し無用ですよ」

「そうはいかないわ。これは瀬野尾家に関わる問題だもの」

だとしてもお前には関係ない、という本音には蓋をし、腕に触れてくる従妹を振り払う。

「あん、もう。ねぇ食事に行かない？　いいビストロを見つけたの。前みたいに食べて帰りましょうよ」

「行きません。琴乃が待っていますので」

しつこく腕を組もうとする杏奈に煩わしさを感じ、雅貴は素早く背中を向けた。だが、次にかけられた彼女の言葉に、足を止めることになる。

「この前、あの人に会ったのよ。笑っちゃう。図星を突かれたら反論もできずに黙りこくっちゃうんだもの。雅貴、あんな人で大丈夫なの？　とても瀬野尾家の嫁には相応しくないと思うわ」

「……琴乃に会ったんですか？」

雅貴に隠れて会うなんて、どうせ碌な目的じゃない。思わず顔が険しくなるのを抑えられず、杏奈に向き直った。

「忠告してあげたの。お金目当てなら苦労するだけだもの。教養もなさそうだし」

さもいいことをしたと言わんばかりの従妹の態度に、吐き気がこみ上げた。こういう言動が雅貴に嫌悪を催させるのだとは、彼女は一生理解しないだろう。杏奈は誇らしげに、琴乃に何を言ったのかを語り出した。

「家政婦なら、もっと専門的な人にお願いするべきだわ。素人じゃ行き届かないところもあるでしょう？　何なら、いい業者を紹介してあげる。この前、お母様がね……」

「琴乃は、君の言うことを黙って聞いていたんですか？」

「え？　ええ。お金目当てだろうと迫ったら、言い返せずに涙目になっていたわ」

彼女の言葉を遮って問いかければ、杏奈は大きく頷いた。そしていかに雅貴に相応しくないかを並べ立てる。

「私知っているのよ。あの人、親がいなくて弟さんはまだ学生なんでしょう？　相当お金に困っているんじゃないかしら。育ちの悪い人って、嫌ね。まだ私が話しているのに勝手に切り上げて逃げ出すのですもの。本当に失礼しちゃうわ」

「――帰ります」

「えっ？　待ってよ、雅貴！　食事に行こうと約束したじゃない！」

そんな約束を交わした覚えのない雅貴は杏奈を無視し、常に被っている人当たりのいい仮面をかなぐり捨てて帰路についた。

◇◇◇◇◇

琴乃が夕食の支度をしていると、玄関の鍵を回す音がした。素早く両手を洗い、出迎えるために向かう。

「お帰りなさい、雅貴さん。今日もお疲れ様です」

「――ああ」

短い返事をし、彼は眼も合わさずに靴を脱いだ。かなり機嫌が悪い。以前よりもずっとピリピリとした雰囲気に、琴乃は瞬いた。

「……何か、ありましたか?」

「別に、何でもない。悪いがしばらく一人にしてくれないか」

らしくない乱暴な仕草で鞄とジャケットを置き、雅貴は浴室へ向かった。

今までなら、琴乃は深く問い詰めることを躊躇《ためら》ったかもしれない。そこまで踏みこんではいけないと、黙って引いていただろう。だが先日彼の前で無防備に泣きじゃくり、今更取り繕う気もなくなっていた。ほんの少し垣根が低くなり、距離が近づいた実感があったからだ。

「あ、あの……仕事の愚痴でも何でも、よかったら話してください。私、誰にも喋りません」

口にして楽になることもあるし、気分転換になれば、と琴乃は提案した。

「雅貴さんが嫌でないのなら、私はもっと貴方と話したいです」

家政婦としてではなく妻として、彼の役に立てたら嬉しい。気恥ずかしくて俯いた琴乃に、立ち止まった彼が振り返った。

「──健気だな。それも全部弟のため？」

「え……？」

言われた意味が分からず、琴乃は困惑した。確かに、最初は全て春馬のために選んだ道だ。出会ったばかりでよく知らない雅貴との結婚を承諾したのも、自分の人生や幸せより弟の身体が大事だったからに他ならない。

でも今は違う。当初の理由は形を変え、己のために変わりつつある。

雅貴の役に立ちたいと願ったのは、間違いなく琴乃自身の願望だった。

「春馬は関係ありませんが……」

「君の口から、その名前が出るのは不愉快だ」

冷たく言い放たれた言葉に、唖然とした。

「そんな言い方は……あ、今日あの子の診察日でしたよね？　また何か失礼な真似をしましたか？」

もしやと思い問いかける。すると雅貴はますます顔を歪めた。

「君たちは本当に仲睦まじいな。何でも報告し合っているみたいだ」

「姉弟ですもの。当然だと思います」

手術日が決まったことを報告してもらえなかった前例はあるが、基本的に二人の間に隠し事はない。——と、琴乃は思っている。春馬は一番気楽に話ができる相手であり、心を許せる家族だ。

毟《むし》るようにネクタイを緩めた雅貴は、冷笑を浮かべた。

「なるほど。血は繋がっていないが、誰よりも大切というわけだ。麗しい家族愛だな」

明らかに嘲笑を含んだ物言いに、琴乃は身を強張らせた。実の姉弟ではないという点を、他人から否定的な意味で言われたのは初めてではない。これまでも邪推されたり可哀想だと哀れまれたりしたことは、何度もある。

だが、雅貴までそんなふうに思っていたなんて、少なからずショックを受けた。よくも悪くも彼は無関心で、合理的な考え方をする人だと思っていたからだ。わざと琴乃を傷つけるためだけの言葉を、選ぶ人だとは考えてもみなかった。

「……やめてください。春馬は私の大事な弟です」

「自分の人生を投げ捨てられるくらいにか」

「投げ捨ててなんて……っ」

いや、傍から見ればそうなのかもしれない。雅貴にとって琴乃は、お金のために結婚を決意するような女でしかなく、本心では軽蔑されていたのかと思い至り、スッと背筋が冷えた。

これまで予想外に彼が優しかったから、すっかり思い違いをしていた。勝手に心が寄り添いつつあると思っていた自分が恥ずかしい。それ以上に、惨めだった。

「……出すぎた真似をしてすみません。余計な口出しをしました」

深く頭を下げ謝罪する。調子に乗って雅貴に煩わしい思いをさせてしまった。琴乃はこみ上げてくる涙を堪え、懸命に言葉を紡ぐ。

「あの、こんな時に申し訳ありませんが、弟の手術日は私も付き添いたいです。あの子の入院中とリハビリもできるだけサポートしたいと考えています。勿論家事を疎かにはしませんから、許可してもらえますか?」

意識して事務的に響くよう、感情を抑えて告げた。己の立場を弁えて、家政婦としての枠をはみ出さないように。

だがいつまで経っても彼からの返事がない。沈黙に耐えきれなくなり顔をあげた琴乃は、掠れた悲鳴を漏らした。

「……っ」

人は立腹しすぎると、分かりやすく顔を真っ赤にしたり怒鳴り散らしたりするだけではないらしい。ただ能面のような表情で、冷ややかな威圧感を放つこともあると、初めて知った。

人の感情に左右され、気温が下がるなどあり得ない。しかし今は、凍えるような冷気に琴乃は身を震わせていた。

「……随分他人行儀だな」

「だって……その通りじゃないですか」

雅貴とは契約上だけの関係で、まだ籍も入れていない。立派な他人だ。肌を重ねていても、一緒に暮らしていても、ただそれだけ。恋人でさえないのだから、他にどう接しろというのだろう。家政婦としての立ち位置しか許されないなら、残酷なことを言わないでほしかった。

「私たちは……契約だけで繋がった、他人でしょう?」

自分で言っていて、血を吐きそうになる。琴乃は自ら切り裂いてしまった胸を押さえ、唇を嚙み締めた。痛くて辛くて、どうしようもない。こんなにひどい思いを味わうくらいなら、契約結婚の申し出など受けなければよかった。滲む涙を隠すために俯いた瞬間、琴乃の肩に痛みが走る。

「……いっ」

「君の本心はよく分かった。確かに僕らは他人だ。そもそも知り合ってから数か月しか経っていない。損得と打算で縛られただけの関係だったな」

指が肩に食いこんでくる。骨が軋《きし》むほど強く握られ、琴乃は眉根を寄せた。

何か、失言を犯してしまっただろうか。彼の意を汲んで望む答えを返したつもりが、何故こんなことになっているのだろう。

怒気を漲らせた雅貴に睨まれて、呼吸も上手くできない。震える喉は役立たずで、何も言葉が出てこなかった。

いや、言うべき言葉が一つも見つからない。口を開けば本当の気持ちが溢れてしまいそうで、琴乃は唇を引き結ぶ。

今不用意に何か言いかければ、きっと彼に抱いている恋情を漏らしてしまう。愛していると告げ、愛してほしいと乞いたくなる。それだけは、絶対にしてはいけないことなのに。契約違反をすれば、たちどころに二人の関係は解消され、何もかもが終わってしまう。分かりきった未来に怯え、琴乃は黙りこむことしかできなかった。

「言い訳一つ、しないのか」

唸《うな》りと共に吐き出された呟きの後、雅貴から嚙みつくようなキスをされた。

頰を強く押さえられ、閉じられなくなった歯列を割って、彼の舌が侵入してくる。荒々しく粘膜を舐め回され、食べられてしまいそうな勢いで吸い上げられた。

「……っん、ふ……ぅっ」

息継ぐ間もなく角度を変え貪られ、琴乃の両足から力が抜けた。倒れこまずに済んだのは、雅貴が支えてくれたからだ。

だが引き摺るように腕を引かれ、リビングへと移動させられた。

「きゃっ……」

押し倒されたのは、ソファーの上。革張りの重厚感のある座面が、琴乃の身体を受け止める。すぐさまのしかかってきた彼の体重も加わり、僅かに軋む音が聞こえた気がした。

「雅貴さん……?」

「君の仕事をしてもらう。それだけの対価を、僕は支払っているはずだ。——どんなに嫌でも、弟のためなら我慢できるのだろう？」

これまでは、同じ脅し文句でもどこか甘く響いて聞こえた。脅迫というより、誘惑に近い色があったからだと思う。けれど今は、底冷えがする心地にしか琴乃はならなかった。

心が凍り、悲しみで満たされる。

強引と力ずくは似て非なるものだ。彼の言動はずっと俺様ではあったけれど、無理やりではなかった。いつも最後は、琴乃の意志を尊重してくれていた。

しかし今は乱暴に組み敷かれ、抵抗は欠片も許されない。拒絶を吐きそうになる唇は口づけで塞がれ、押しのけようとする両手は、雅貴のネクタイで拘束されてしまった。

「ん、んっ」

「黙れ。余計なことを喋るな」

琴乃の腹を跨《また》いで膝立ちになった彼が、絶対零度の冷気を漂わせて見下ろしてくる。黒々とした瞳には、一片の優しさもない。レンズ越しに射貫かれて、琴乃は身体の震えを止められなくなった。

まるで、あの夕暮れと同じ。

七年前の悪夢が追いかけてくる。

治ったはずの男性恐怖症がぶり返し、琴乃の眦から涙が溢れた。

思い返してみれば、初めて会った時から雅貴は特別だった。春馬以外、琴乃に唯一恐怖を感じさせない人。傍にいても、触れられても耐えられたのは、きっと心が『この人は自分を傷つけない』と無意識に判断していたからかもしれない。

でも今は違う。癒してくれたはずの彼に、今までにない傷を負わされそうになっていた。

「嫌っ……」

頭の上で括られた手では碌な抵抗もできず、あっという間に服をはだけさせられる。下着を足から引き抜かれ、琴乃の滑らかな肌が明かりの下に晒された。これまでは熱量のある眼差しに炙られていた肌が、今夜は冷気に舐められる。

「真っ白で無垢な振りをして、琴乃はいやらしいな。こんなふうにしているなんて」

腹を通過した雅貴の手が、無毛の蜜口に触れた。一度全部剃られて以来、生え始めるとチクチクするので、仕方なく処理し続けていたからだ。もとはと言えば彼のせいなのに、さも琴乃の自発的な意志のように言われるのは受け入れがたい。羞恥に染まった頬へ、雅貴の吐息が吹きかけられた。

「淫乱。もう濡れている」

「嘘……っ」

守ってくれるものが何もない分、彼の指先の動きが鮮烈に伝わった。琴乃の花弁の縁を辿り、ぬるりと滑る感触まで。乱暴に動かされたせいで淫猥な水音が奏でられる。

「こんな状況でも濡れるんだな。もしかして、誰でもいいのか？」

「違いますっ……そんなはず……！」

他の人とだなんて、考えただけでゾッとした。今だってギリギリ耐えていられるのは、自分に覆い被さっているのが雅貴だからだ。いくら怖くても、覚え慣れ親しんだ彼の香りと重み、声と気配があるから正気を保っていられた。これがもし赤の他人であれば、きっと今頃琴乃の精神は崩壊している。

他の誰でもなく、愛する人だから。たとえ同じ愛情を返してくれない人であっても、心に嘘は吐けなかった。

「君は嘘吐きで、いつも素直じゃない」

「……ぁ、あっ」

いきなり二本の指を捻じこまれ、隘路が戦慄いた。乱暴に内側を探る動きに苦痛を示せば、今度はゆったりとした動きに変えられる。内壁を撫でる雅貴の指先が、琴乃の感じる場所を的確に擦り上げた。

「んぅっ」

同時に親指で秘芽をくりくりと嬲られ、瞬く間に快楽の水位があがる。腕を縛られたままでは、身体をくねらせる程度のことしかできない。いくら大きなソファーの上であっても二人の大人が抱き合うようには作られてはおらず、座面から転がり落ちるのも怖かった。つまりはされるがまま、彼に弄ばれるしかない。雅貴の愛撫に嬌声をあげ、涙を滲ませて痴態を晒す。

息を弾ませ、情欲に溺れてゆく我が身が情けなかった。

彼に暴かれた琴乃の身体は、もはや自分自身よりも雅貴に知り尽くされている。どこをどうすれば善がり狂うか熟知されていて、責められれば簡単に陥落した。

啜《すす》り泣きながら汗ばんだ肌を赤く染めることも、爪先を丸めて快感に耐えることも、何もかも全て彼に教えこまれたことだ。

そして、どうすれば雅貴が琴乃に最高の悦楽を与えてくれるのかも。

「……っ、あ、駄目ぇっ……」

口先だけの拒絶なのは、自分でも知っている。いや、少なくとも心は本気でやめてほしいと願っていた。こんな行為は暴力と変わらないし、絶対に嫌だと思っている。だが身体は悲しいほど別だった。

　精神と乖離《かいり》した肉体は勝手に熱を帯び、彼の手を喜んで受け入れている。蜜をこぼし、もっと大きな喜悦を求め、期待を膨らませていた。

「駄目？　好いの間違いだろう。琴乃はここを弄られるのが好きだから、仮にどんな男が相手でも感じるんじゃないか」

「ひどい……」

　あんまりな言いように、涙が止まらなくなった。しかし凍えてゆく思考と心に反して、下腹部には淫らな熱が渦巻いてゆく。愉悦が溜まり、出口を求めて暴れ始めていた。

　自身の肉体に裏切られた気分で、琴乃は四肢の力を抜いた。ひどく虚しくてどうでもいい。届かない言葉を操るには、もう気力がなさすぎる。一番伝わってほしい人に受け取ってもらえないのなら、これ以上は無意味だ。拒む理由も見いだせない。

　だってこの行為は義務であり、琴乃の仕事だから。たとえ身体だけでも雅貴の役に立つなら、それで充分な気がした。

「琴乃……こっちを見ろ」

　名前を呼ばれただけで浮足立つ自分は愚かだ。たったそれだけで、怒りも侮蔑も消え失せてしまう。あるはずのない愛情に触れた気がして、彼を受け入れたくなる。

　――どうしようもない。こんなふしだらな私だから、ストーカーなんかに眼をつけられ

てしまったのかな……

とめどなく流れる涙は、雅貴に舐めとられた。赤い舌が頬を辿り、瞼に口づけられる。まるで慰められているようだと感じ、また自己嫌悪に陥った。

諦めて尚、彼の言動に想いの欠片を探してしまう。捨てきれない期待が、往生際悪く顔を覗かせた。

隘路を掻き回す指戯《しぎ》に喘ぎ易々と絶頂に押し上げられれば、雅貴の指を食い締めヒクヒクと身を震わせる。淫らに開いた両脚を抱えられても、もう琴乃は動くことができなかった。

中途半端に脱がされ、全裸よりも卑猥な姿のこちらとは違い、彼は前を寛げただけ。その落差に、余計悲しくなる。どうせなら、素肌で抱き合いたかった。滑らかで熱い雅貴の肌は、不思議な安心感を琴乃に与えてくれる。包みこまれると、いつも夢見心地になれたのに、今は果てしなく遠く感じた。

抱き合いたくても、縛られ服が纏わりついた手では届かない。伸ばすことさえ許されず、頭上に腕を張りつけにされたまま琴乃は空を摑んだ。

「……っ、ぁ、あ」

滾る熱杭が蜜口を割り開き、ぐぶぐぶと強引に押しこまれ、腹の中を支配される。みっしり埋め尽くされれば、琴乃の唇から漏れたのは甘い艶声だった。

「……やっぱり、淫乱だ」

「ひ、あっ」

最初から激しく奥を突かれ、ガクガクと視界が揺れる。琴乃の両腿を抱えた彼が容赦なく腰を叩きつけ、淫靡な水音が掻き鳴らされた。

「は、ぅあっ……、激し……っ」

最奥を抉った先端が、ぐりぐりと子宮の入り口を捏ね回す。経験が浅かった時には痛みしか感じられなかった場所も、今ではすっかり雅貴に調教され快楽の味を覚えてしまった。

何をされても気持ちがよくておかしくなる。

髪を振り乱して身悶える琴乃に、彼は上半身を倒して真上から強直を突き立てた。

「アッ、ぁあーッ」

溢れた愛液が雅貴の動きを助け、更に打擲音《ちょうちゃくおん》を響き渡らせる。淫らな音に耳を犯され、部屋中にいやらしい匂いが充満している気がした。敏感になった五感全てが彼に支配される。

硬く膨れた花芯を摘まれると光が弾け、勝手に手足が動き、卑猥なダンスを踊ってしまう。戦慄く踵が、ソファーの背もたれを蹴《け》りつけた。

「ひっ……っ、もうっ……」

視線で許しを乞うても叶えられるはずもなく、琴乃が泣き喘いだ場所を執拗《しつよう》に穿たれた。

休む暇もなく喜悦の波に浚われる。襲いくる絶頂の予感に、全身が粟立った。

「……あぁっ、ぁ、ああっ……やめて……ああっ」

おそらくそれを味わってしまったら、もう引き返せない。理性が砕かれ、快楽だけを貪る醜態を晒してしまう。考えることを放棄するただの女になる気がした。それでは彼に嫌われてしまう。役に立たない女として、きっと見限られる。

「やめない。いくらでもイけばいい。君を抱くことを許されるのは、僕だけだ。それを忘れるな……っ」

「ああっ」

一際強く貫かれ、琴乃は顎を仰け反らせて絶頂に達した。あまりにも深い快楽に、高みから降りてこられない。歓喜に打ち震える腹の奥で、雅貴の屹立が爆《は》ぜた。

「ひ、あああっ……」

熱液が迸《ほとばし》り、内部から白に染め上げられる。何もかも塗り潰す、真っ白な闇に埋め尽くされた。吐き出される精を最後の一滴までも琴乃に注ぐつもりなのか、彼は一番奥に肉杭を密着させたまま、肩で息をしている。

額を流れる汗を手の甲で拭い、雅貴は嫣然《えんぜん》と微笑んだ。

ヒクヒクと波立たせるしかなかった琴乃の下腹に、彼が触れる。その下にはまだ萎えない楔が埋められていた。

「こんなに美味そうにしゃぶっているくせに、琴乃は正直じゃないな」

「や……」

欲望を吐き出したはずの彼のものが、再び力を取り戻してゆく。質量を増す昂りに驚き、琴乃は視線をさまよわせた。

「まだ終わりじゃない。今日は僕が満足するまで付き合ってもらう」

「ぁ、あ……あっ」

一度達して敏感になった内壁を、硬く力を取り戻した強直で擦られた。雅貴自身が吐き出した白濁が、結合部から溢れ出る。琴乃の蜜と混ざり合い、泡立つ様はとても淫靡だ。ぐちゅぐちゅとふしだらな音を立て、貪られる。淫芽を弾かれ、また愉悦の波に呑まれていった。

「や、ァアッ……も、許し……て」

「……っ、動きにくいな」

琴乃の手首を拘束していたネクタイが解かれ、ホッとしたのも束の間。今度は身体をうつ伏せに返され後ろ手に戒められた。そしてソファーから降ろされて、床に膝立ちにさせられる。前のめりになった琴乃の上半身は座面に押しつけられ、高く揚げた尻を彼に向ける卑猥な姿勢を強要された。

「嫌っ」

背後から覆い被さってきた雅貴の手で口を塞がれ、一気に貫かれる。ソファーに頬を押しつけていた琴乃は、隙間なく隘路を摩擦される感覚に戦慄いた。

「こんなに感じているくせに、嫌だと言うのか」

「んっ、ぅんんっ」

パンパンとリズミカルに突かれると、ソファーとの間で押し潰された乳房の頂が擦れる。新たな喜悦が生み出され、体内の嵐はやむことなく吹き荒れていった。

琴乃の腰を摑んだ彼の動きが速くなる。吐精の予感を感じ、女としてすっかり躾けられた身体は、歓喜して雅貴のものを締めつけた。子種をねだり、奥へと誘う動きで屹立を愛撫する。心を切り離し、快楽だけを追ってゆく。淫悦に曇った琴乃の眦から、涙が伝った。

「……ぅっ、んぁあっ……」

腹の中が熱くなる。迸る白濁の感覚を最後に、琴乃は意識を手放した。

「煩い」

「……ふ、ぐっ」

5　過去からの悪夢が覚める時

「琴乃ちゃん、旦那さんは放っておいていいのかい？」

「うん。今日から学会とかで、家にいないの」

突然やってきた顔色の悪い琴乃をちらりと見て祖母は微妙な顔をしたが、特に何も言わず家にあげてくれた。軋む身体を気づかれないよう、わざと明るく振る舞う。

ネクタイで縛られ、無理やり抱かれた翌日。琴乃は寝室のベッドで目を覚ました。ドロドロになっていただろう身体は拭き清められ、ソファーも掃除されていたが、雅貴の姿はどこにもなく、静まり返った室内はどこか寒々としていた。

ただ、リビングのテーブルの上に、メモが一枚置いてあっただけ。

流麗な文字で綴られたのは、素っ気ない一文。『三日間、学会で出張する』

それが本当かどうかも琴乃には分からない。確かめる気力はとても湧かなかった。

乱暴に抱かれた身体はあちこち痛み、特に腕は縛られた痕が残っている。狂乱の夜の記憶が色濃く刻まれた部屋にはいたくなくて、琴乃は荷物を纏め、朝早くマンションを飛び出したのだ。

「しばらく、ここに泊まっていいかな」

「勿論だよ。……ただ、旦那さんにはきちんと居場所を伝えておきなさい」

「うん……」

子供の頃のように祖母に頭を撫でられ、琴乃はやっと心が緩むのを感じた。ホッとして、力も抜ける。居間に座りこんでしまうと、もう動く気にはなれなかった。ただぼーっとして、時計の秒針がコチコチ大きな音を立てるのを聞いている。

「……春馬は？」

「学校に行っているよ」

そう言えば、今日は平日だった。曜日の感覚もなくなっていたらしい。

何となく今は弟と会いたくなかったので、琴乃は安堵して畳にだらしなく寝そべった。醬油《しょうゆ》や線香の匂いが染みついた柱と壁。年月を経てすり減った床と黒ずんだ天井。狭いけれど、その分一緒に暮らす家族との距離が近い家。

やはり、こういう生活の方が自分には向いている。雅貴との生活は分不相応だったのではないかと思い始めた。いつも背伸びをして、緊張していたのかもしれない。慣れたつもりになっただけで、本当は毎日疲れていた気もする。

――嫌われたくなかったから。

なのにどうして、帰りたいと思ってしまうんだろう。

祖母の家にいる方が琴乃は伸び伸びとしていられる。それは間違いないのに、早くも雅貴のマンションを飛び出したことを後悔していた。寂しくて、彼に会いたいと願ってしまう。あんな目に遭わされて、尚。

――でも、もう帰れない。

今まで通り、仕事として妻の役目を果たす気にはなれなかった。いっそ最初から義務的に接してくれたら、こんな気持ちにはならなかったと思う。虚しくても割り切って、表面上穏やかに生活できたはずだ。

けれど今の琴乃には無理だ。優しくされても、冷たく突き放されても辛い。雅貴を好きになってしまったから、距離感が分からなくなってしまった。傍にいたいのに、隣にいるのは苦しすぎる。

春馬の治療が終わるまでは岩に噛りついてでも耐えるつもりだったけれど、決意は脆く崩れ去り、琴乃が逃げこめるのは祖母のもとだけだった。

「お茶でも淹れようかね」

「あ、お祖母ちゃん、私がやるよ」

琴乃が祖母を制して立ち上がった時、電話が鳴った。台所に行きかけていた足で廊下に向かい、そこに設置された古びた電話の受話器を取り上げる。

「はい。瀬野……伊川です」

つい瀬野尾と名乗りそうになり、琴乃は慌てて言い直した。無意識に出てくる名字はもう、瀬野尾なのだと思うと複雑な心地がする。余計に心が乱れ、胸に思い描くのは雅貴の姿だけ。

必死に頭を切り替えて、琴乃はよそ行きの声を出した。

「……もしもし？」

しかし受話器からは何も聞こえない。不思議に思った瞬間、ガチャリと切られた。

「……え？」

「琴乃ちゃん、もしかしてまた無言電話かい？」

「また？」

琴乃が当惑していると、居間から祖母が覗いてきた。少し不安そうに眉を顰め、溜め息を吐く。

「最近多いんだよねぇ……何も言わずに切れちゃうの。悪戯かね。ここ二、三日は途絶えていたのに。春馬ちゃんに相談した方がいいかねぇ」

「そうなの……？」

ざわりと琴乃の全身が総毛立った。気味の悪い何かに触ってしまったような、不快なものが心に広がる。まるでインクを水に垂らしたみたいだ。不規則な模様がゆらゆらと広がって、やがて溶けて透明になってしまっても、それはもうもとの水ではない。飲み水には適さない、『別の何か』だ。

「……無言電話だけ？　相手は何も言わないの？」

「喋らないよ。たまに息遣いみたいなのが聞こえるけど、すぐ切れちゃう。毎日何回もかかってくると、流石に気持ちが悪いよ。春馬ちゃんがいる時は安心だけど、ほとんどあの子がいない昼間にかかってくるから困っちゃうよ」

琴乃は祖母の言葉を聞きながら、全身の体温が下がってゆくのを感じていた。

ただの偶然だと、思いたい。特に意味はなくたまたま無言電話の回数が重なっただけなのではないか。楽観的に考えようとしても、足元からの震えを止めることができなかった。

「いつから……？」

「うーん……意識したのは、ひと月前くらいかねぇ。琴乃ちゃんが引っ越して、しばらく経った頃かな」

どうしようもなく恐怖で心が委縮《いしゅく》するのは、琴乃が過去にこれと似た経験をしたことがあるからだ。

あの時も、始まりは無言電話からだった。

日常を侵食する不穏な気配。じりじりと包囲網を狭められてゆく気がするのは何故だろう。全て終わったことなのに、背中を虫が這うようなおぞましさがある。

七年前の犯人は、精神的な病で入院したはず。彼の親が責任をもって監督すると約束してくれた。琴乃の父は転職し、一家は転居して過去と決別したのだから、もう無関係ではないか。

——でも、七年の間に状況が変わったとしたら？

たとえば、あの男の両親が、何らかの理由で息子の行動を制限できなくなっていたとしたら。はたまたきちんとした治療を行えなかったとしたら。

患者を病院に一生閉じこめておくことなどできない。完治したとみなされれば、退院しても不思議はない。むしろもう、一般社会に戻っている可能性の方が高いのではないか。

思い至った答えに、琴乃は全身を震わせた。

「そんなはず……ない」

「琴乃ちゃん？」

蒼白になった琴乃の顔を、何も知らない祖母が覗きこんでくる。心配そうに腕を摩ってくれた手の感触が、叫び出しそうになるのを寸でのところで止めてくれた。

七年前の出来事を、祖母は知らない。余計な心配をかけたくないと琴乃が主張し、両親と春馬の間だけに留めてもらったからだ。だから今も打ち明けられなかった。

「何でもない……お茶、淹れるね……」

無理やり作った笑顔は、ひどく歪なものだったかもしれない。口元は引きつって、眼は泳いでいたはずだ。しかし問い詰められたくない琴乃は、祖母に何かを言われる前に台所に逃げこんだ。

――深刻に考えちゃ駄目。きっと大丈夫。ただ無言電話が多かっただけじゃない。間違い電話かもしれないもの……

無理やり己を納得させ、琴乃は小刻みに震える手で茶葉を準備した。

しかしいくら自分に言い聞かせても、その夜はほとんど眠ることができないまま朝を迎え、まだ明けきらないうちから琴乃は朝食を作るために台所に立っていた。

ほぼ一睡もしていないので寝不足なのに、嫌なざわめきのせいでちっとも眠くない。

朝はパンを好む雅貴とは違い、伊川家は基本和食だ。卵焼きを焼き終えた琴乃は、以前の習慣通り春馬を起こす前に新聞を取りに行った。

軋む引き戸を開け外に出れば、早朝の爽《さわ》やかな空気が気持ちいい。深呼吸しようとした琴乃は、足元に落ちている見慣れないものに眼を止めた。

「……え？」

それはスーパーのチラシだった。本来新聞に挟まれているものなのに、一枚だけ玄関前に落ちている。配達の際郵便受けからこぼれてしまったのかと思ったが、何だか奇妙だ。

「どうして、一枚だけ……」

ただ単にゴミが風に飛ばされてきただけの可能性もあるが、それにしては売り出しの日付は今日からになっていた。

チラシ自体は別に気持ちが悪いものではないけれど、ざわざわと胸の中に冷たい塊が沈んでゆく。琴乃は喉に小骨が刺さったような違和感と、言い知れぬ不安を覚えた。まるで、誰かが郵便受けを漁り、結果としてチラシを落としたみたいだ。もしくは存在を示すため、あえて一枚だけ玄関先に放置したとは考えられないだろうか。

——まさか。でも。

たった一枚の紙が急に恐ろしく見え、拾うことさえできない。琴乃は放置されたチラシを大きく避け、郵便受けから新聞を取り出した。

きっと神経過敏になっているせいだと自分に言い聞かせ、強引に頭から切り離す。足早に家へ入った時、二階から春馬が降りてきた。

「姉さん、おはよう」

「ひっ」

突然声をかけられて、小さな悲鳴がこぼれた。怪訝な顔をした弟が、階段の途中で立ち止まっている。

「どうしたの？」

「う、ううん、何でもないわ。ちょっとぼんやりしていたから驚いただけ……それより、随分早いのね」

「早いって、もう七時だよ」

大あくびをする春馬に、琴乃は苦笑した。

「前はいくら起こしてもなかなか目を覚まさなかったじゃない」

「俺を起こすために、祖母ちゃんを毎朝二階へ上がらせるのは可哀想だろ」

「何よ、それ。自力で起きられるのなら、私が起こしていた時もちゃんとしてほしかったわ」

文句を言えば、彼はもごもごと口を動かした。よく聞き取れないが「それは毎朝楽しんでいたというか……甘えていたというか……」などと言っている。

「まぁいいわ。お味噌汁、温めておいて」

春馬の顔を見たことで、琴乃の恐怖は薄らいでいた。やはり偶然の積み重ねで考えすぎだと判断し、チラシの件は頭から消し去る。仏壇へ挨拶を終えた祖母を交えて朝食を終えた頃には、どうにか気持ちを持ち直していた。

「――じゃあ、行ってきます」

「気をつけてね。忘れ物はない？　ハンカチは持ったの？」

大学に行く春馬を玄関先で見送る琴乃に、彼は僅かに眉尻を下げた。

「もう俺は、子供じゃない」

「よく言うわ。……今日の診察、ちゃんと行くのよ。昨日は途中で帰ってきたそうじゃない。受付の人から電話があったって、お祖母ちゃんから聞いたわよ。今日は雅貴さんじゃなく、別のお医者さんが診てくれるそうだけど……手術の日は、私も付き添うから」

どれだけ雅貴から逃げていても、その時は彼と対面しなければならないだろう。いや、もっと以前に話し合う機会を設けるべきかもしれない。琴乃が契約違反を犯せば、春馬の治療にも影を落とす。ずっと逃げ続けるわけにはいかないことは、琴乃自身がよく分かっていた。

それでもあと少し、と問題を先送りにしているだけだ。

春馬を思えば、今すぐ雅貴に謝罪して関係性を保つべきで、以前なら我慢とも思わず実行できたはずなのに、今は難しい。

家族のために本音を殺せない。琴乃は自分の気持ちを優先したくなっていた。

――ひどいお姉ちゃんでごめんね。

胸中でひっそり謝罪した琴乃を、彼はじっと見つめてきた。

「……何？」

「姉さん、このまま帰ってきちゃえば？　ここが、姉さんの家でしょ？」

「……っ」

馬鹿なことを言わないで、と咄嗟《とっさ》に出てこなかったのは、琴乃の中に迷いがあるからに他ならない。秘かな思いを言葉にされたようで、激しく動揺してしまった。

「姉さんだって、そうしたいんじゃないの？」

問いかけの形を取りつつも、春馬の言葉は断定的だった。琴乃と雅貴の間に何があったかを知っているはずはないのに、二人の仲が破綻しかけているのを知っているみたいだ。

――違う。破綻も何も、最初から私たちの間に築き上げたものなんか、一つもなかったんだわ……。

脆くか細い繋がりしかなく、それこそ簡単に崩れる砂上の楼閣《ろうかく》だった。雅貴の気まぐれから始まったのだから、彼の意志一つで壊される。琴乃はもっと慎重になるべきだったのかもしれない。そう反省しつつ、未だに雅貴が示してくれた気遣いや優しさの全てが、幻だったとは思えない自分がいた。

不器用で分かりづらく、自分勝手なところもあるのに、慣れてしまえば距離感が心地好い。そういう人なんだと受け入れてしまえば、気難しい言動も気にならなかった。

――本当に、つくづく私は馬鹿なのかもしれない。また彼のことばかり考えている。

「……俺、姉さんを苦しめるような男に、絶対渡さないから」

「え？　何か言った？」

「何でもない。行ってきます」

「あ……必ず病院に行きなさいよ！」

いまいち信用ならない背中に声をかけ、琴乃は春馬を送り出した。弟が出かけてしまうと、家の中は途端に静かになる。昨日春馬に感じていた気まずさも、一日経てば霧散していた。これが家族なのだろう。

——雅貴さんとは、こうはいかない……

身体を動かしていれば、余計なことは考えずに済む。琴乃はいつもより念入りに掃除をし、あえて時間がかかる料理に勤しみ作り置きを拵えた。祖母には難しいかさばるものや重いものの買い物に出たのは十四時。

琴乃がエコバッグを提げて帰路を急いでいると、通りかかった公園で遊ぶ子供たちと保護者の姿があった。微笑ましくそれを横目で見つつ、いつかの日、雅貴と出かけたことを思い出す。

最初で最後のデート。祖母への誕生日プレゼントを買うというものではあったけれど、琴乃にとっては間違いなくデートだった。あの時確かに自分は幸せだったのに、今はもうずっと遠い出来事に感じられる。

夢だったのかと思えるほど、二度と手が届く気がしない。

琴乃は滲んだ涙を誰にも見られたくなくて、細い路地に入った。天気がよく、猫がのんびり日向ぼっこをしているのどかな風景に癒され、ゆっくり歩く。

花の香りが漂い、深呼吸しようとした時——じゃりっと、思いのほか近い位置から足音が聞こえた。

琴乃の後ろに誰かいる。ひょっとしたら、塀から飛び降りた猫かもしれない。たまたま進行方向が同じ、近所の住民の可能性もある。だが、振り向くことはできなかった。

ドッドッと鼓動が速まる。掌にはじわりと汗が滲んだ。全身全霊で背後の気配を探るが、一定の距離を保っているらしく、それ以上は近づいてこない。しかし離れるわけでもない。琴乃が軽く早足になれば、何者かも速度をあげた。

ただの思いこみかもしれない。追いかけられているという被害妄想。実際には誰もおらず、琴乃一人が怯えていることだってあり得る。むしろその可能性の方が高いだろう。だってまだこんなに明るく、人通りだって絶えていない。仮に誰かいても、無関係な人だ。

そう思うのに、どうしても振り返ることはできなかった。

「……っ」

購入したトイレットペーパーや醤油が邪魔になり、全速力で走れる気はしない。きっと追いつかれるという妙な確信が琴乃にはあった。

いくつかの角を曲がり、大通りを目指す。どうして最初から交通量の多い道を選ばなかったのか。電話して、誰かに助けを求めるべきか。けれど大げさだと笑われてしまうのも怖い。そもそも誰にかければいいのかが分からない。

祖母は論外だし、春馬も飛んでこられるわけではない。それなら、と思いを巡らせ、頭に浮かんだのはたった一人だった。

現実的に考えれば、最も来てくれる可能性が低い人だ。彼は今仕事中で、学会とやらに参加し、病院にもいない。琴乃から離れる方便でなかったならずっと遠くの地にいるはず。

そもそも、自分のＳＯＳに駆けつけてくれるとは思えなかった。

だが、今誰よりも彼に傍にいてほしい。逞しい腕で抱きしめてもらいたい。『よく頑張ったな。これからは半分僕が引き取ろう』と労わってほしい。

会いたくて、会いたくて仕方なかった。

——馬鹿だなぁ、私。絶対に好きになっちゃいけない人と結婚するなんて……

大通りの歩道に出ると、喧騒が一気に大きくなる。多くの人と行き交う車に励まされ、琴乃は勢いよく後ろを振り返った。身を隠す暇を与えないよう、素早く視線を走らせる。

そこには——誰もいなかった。

無人の路地が続いているだけ。

「……は……」

やっぱり気のせいだったという安堵と、慌てふためいていた己の臆病さに笑いが漏れた。

ありもしない影に怯えていたみたいだ。

——色々あったから、精神的に参っているのかな……

しゃがみこみそうになる足を叱咤《しった》して、琴乃は再び歩き出した。今度は余裕を持った足取りで前に進む。未だに心臓はドキドキしているし、嫌な汗も引いてはくれない。だが気持ちは僅かに落ち着いてきた。

――考えすぎだわ。お祖母ちゃんの家で何日か休ませてもらおう。その間に雅貴さんとのことを考えて……ちゃんと話し合おう。

いつまでも逃げてばかりはいられない。道は二つだけ。琴乃の気持ちを打ち明けて全てを終わりにするか、一生秘密を守り抜いて一日でも長く傍にいるかだ。

――彼の言う通りだわ。変えられない過去についてうだうだ悔やむより、未来について考えた方がずっと有意義よね。

冷静になれば、いい案も浮かんでくるかもしれない。たとえ別れる選択肢しかないとしても、できる限り傷の少ない方法で。

決意も新たに琴乃は前を向いて歩く。だから、知らなかった。

大通りに出る一本手前の路地に隠れた人影が、じっとこちらを凝視していることを。

「遅くなるの？」

受話器を耳に当て、琴乃は聞き返した。向こう側では、酔っているのか大声で泣いている男性の声がする。

　買い物から帰宅し、購入したものを片付けて一休みしているところに電話が鳴った。最初はまた無言電話かと身構えてしまったけれど、恐る恐る出てみれば、相手は弟の春馬だった。

『それが、敦《あつし》の奴が失恋してさ……やけ酒に付き合わされているんだ。あいつ、なかなか沈没しないから、まだ帰れそうもない』

　春馬の友人の敦という青年は、何度か家に遊びに来たこともあり、琴乃とも面識がある。少々軽いが明るくて面白い子だった。惚れっぽいところがあり、失恋してはその度に飲み明かして立ち直っているらしい。

「そう……友達は大事にしないといけないものね。ちゃんと慰めてあげて」

『……もしかしたら今夜は帰れないかもしれないから、戸締まり気をつけて。……くそっ、せっかく姉さんが帰ってきているのに、敦の奴こんな時に振られやがって』

「そんなこと言わないで。友達を見捨てて帰ってくる弟なんて、私は嫌よ」

　悪態を吐く春馬を宥《なだ》め、琴乃は苦笑した。まだ何か言いたげな弟だったが、敦に絡まれ慌ただしく電話を切る。

　通話を終えれば、シン……と家の中が静まり返った。

「……と言うことは、今夜は私一人かもしれないな……当てが外れたわ」

今朝、春馬を送り出した後、祖母も出かけていった。老人会で一泊二日の温泉バスツアーだそうだ。すっかり体調がよくなり、久し振りの旅行を楽しみにしていた祖母を引き留めることはできない。それに、たった一泊だ。

内心寂しかったけれど、琴乃は明るく見送った。

大きくはない一軒家でも、誰もいなくなると急に広く感じ、寂寥感《せきりょうかん》を刺激される。

「それじゃ、夕飯は適当でいいや……」

午前中に作っておいたものに手をつける気にもならず、納豆ご飯で済ませてしまおうかなんて自堕落に思う。食べてくれる人がいなければ、いくら料理が好きでもつまらない。

琴乃は一人でゆっくり湯に浸かり、手を抜いた食事をして、ぼんやりテレビを見た。やはり今夜春馬は帰れないらしい。終電の時刻が過ぎ、布団の中で寝返りを打った琴乃は暗闇の中でスマホを弄る。眠気は一向に訪れず、時計の針が時を刻む音だけを聞いていた。

雅貴から連絡はない。当然だ。彼は琴乃がマンションの部屋にいないことも知らないし、普段からこまめに連絡を寄こす人でもない。だからメールもないのは至極当然のことなのに、無性に切なかった。

――いい加減眠らなくちゃ……

焦るほどに睡魔《すいま》は遠ざかってゆく。それでも琴乃が諦めて眼を閉じた時。

突然暗闇の中に電話の音が鳴り響いた。

それも家電ではなく、今まさに枕元へ置いた琴乃のスマホから。

驚きつつ「もしかしたら」と期待して取り上げた琴乃は、画面も見ず慌てて通話状態にし耳へ当てた。

「は、はい」

胸を高鳴らせ、返事を待つ。今聞きたい声は一人だけ。祈る気持ちで、琴乃は息を潜めた。

しかし、いくら待っても何も聞こえてこない。向こうが押し黙っているのか、沈黙だけが過ぎていった。

「……雅貴さん……？」

小さな呼びかけへの回答は、無言のまま切られた電話だった。後はもう、何もない。痛いほどの静寂だけが支配している。不審に思い琴乃が通話履歴を調べれば、非通知からのものだった。

「……え」

この展開には覚えがある。過去に全く同じことがあった。最初に家への無言電話が続き、それから琴乃個人の携帯電話に移行した。郵便受けは荒らされ、つきまとわれている気配。

――まさか。

琴乃の手からスマホがこぼれ落ちる。すぐに全身が震え出し、悲鳴がこみ上げてきた。

どこかに逃げたい。でも、どこへ？　せめて人が沢山いる場所に。この時間、外に出る方がよほど怖い。

纏まらない思考が頭の中に吹き荒れる。怖くて堪らず、琴乃は布団を被って小さく丸まった。

「……っひ」

再び鳴り出したスマホに驚き、心臓が止まるかと思った。振動する端末が、急に忌まわしいものになった気がする。しかし画面に表示された名前を見て、琴乃は飛びつく勢いで電話を取った。

「はいっ……」

『……琴乃？』

一拍置いて、聞きたくて堪らなかった声が耳を擽った。いつも自信満々なのに、少しだけばつが悪そうな、夫の声。一瞬の間の後、雅貴が話し出す。

『……よかった。出てくれて。何度かマンションの部屋にかけたが、ずっと留守電だったから……心配していた。こんな夜中に、すまない』

「いいえ……」

『今どこにいる？』

叱責のためではなく、心底こちらの身を案じてくれている声音で問われ、思わず涙が溢れた。張り詰めていた気持ちが、ほんの少し会話しただけで解けてしまう。琴乃の心の中にあった蟠りは、脆く崩れ去っていった。

「黙って出てきてごめんなさい……祖母の家にいます」

『ああ、それなら安心した……その、すまなかった。頭が冷えて、君に八つ当たりしただけだとよく分かったよ。色々、嫉妬したんだ』

先ほどまでおかしくなりそうなほど恐怖に打ち震えていたのに、雅貴の声を聞いているだけで癒されてゆく。本当の距離は分かたれているのに、すぐ隣に彼がいて囁いてくれているみたいだ。琴乃は尚更強く耳にスマホを押しつけた。

「嫉妬？　雅貴さんが？」

『君たち姉弟は仲がよすぎる。……僕が邪推《じゃすい》したくなるくらいに』

「それって……」

ドキリと胸が大きく跳ねた。無関心な相手なら、気にもならないはずのこと。下世話な意味にも聞こえない。もしかしてと期待が膨らんだ。

『琴乃、帰ってきてくれるか？』

「……帰って、いいのですか？」

本音を言えば、今すぐにでも飛んで帰りたい。しかし自らの意志で飛び出した手前、琴乃にはやや躊躇いもあった。

『明後日には僕も帰る。そうしたらこれからのことを君と話したい』

「これから……」

それはいい話なのか、悪い話なのか。瞬間声が詰まり、即答はできない。迷う琴乃の耳に、その時チャイムの音が鳴り響いた。

「え？」

時計を見れば、零時を回っている。普通なら、誰かの家を訪問するような時間ではない。春馬が何とかして帰ってきた可能性が頭を掠めたが、弟は鍵を持っている。わざわざ寝ているだろう姉を起こす真似をするはずもない。

琴乃がポカンとしていると、再びピンポーンとどこか間延びした電子音が聞こえた。

『琴乃？　どうした？』

黙りこんだ琴乃に、雅貴の声がかけられる。

「あ……誰か、来たみたいで……」

『こんな時間に？』

一気に鋭さを増した彼の声で、琴乃も事の重大さに気がついた。常識的にあり得ない時間帯の来客。警戒するなという方が無理だ。

『……琴乃、落ち着いて。お祖母さんや弟さんは？』

「今夜は二人とも不在です……」

『何だって？』

ちっ、と荒々しい舌打ちが聞こえた。普段雅貴はそんな粗野な真似はしない。それだけ琴乃の状況が切羽詰まっているのだと分かり、治まっていた震えがぶり返してくる。

「ま、雅貴さん……実は、最近無言電話が増えていたらしくて……それにその、見張られているような気配も……」

どれも気のせいだと思いこもうとしていたが、いざ口にしてみると余計に恐怖心が煽られた。声が震え、喉が干上がる。

「まさか、またストーカーが……」

『琴乃、よく聞け。絶対に家から出ないで。今すぐ警察に連絡をするんだ』

「はい。……あ、でも」

そのためにはまず、雅貴との通話を切らなければならない。今の琴乃にとって、彼との電話だけが生命線な気がしていた。切られてしまえば、怖くてきっと正気を保てなくなる。そう告げると、雅貴は思案した後、家の固定電話からかけられるかと聞いてきた。

「それなら……」

しかし家の電話は一階にあり、しかも玄関へ続く廊下の途中にある。だが彼の声が一時的にでも途切れるよりはマシだと思えた。

「……やってみます」

意を決して、琴乃は自室を出た。

足音を立てないよう極力気をつけ、電気をつけずに暗闇の中を進む。手探りで階段を降り、一歩ずつ廊下を歩いた。その間にも、チャイムは押される。

伊川家の玄関は、一部磨《す》りガラスになった引き戸だ。そこから、人影が微かに見えた。うすぼんやり窺える姿は、男か女かも分からない。身長さえ曖昧で、体型も不明だった。

「……っ」

過去の嫌な記憶がよみがえり、気を失いそうになる。だが今の琴乃は何もできなかった十七歳の子供ではない。守り、支えてくれる人もいる。知恵もついたはずだ。

『大丈夫だ、琴乃。深呼吸して』

雅貴の声に励まされ、パニックになりかけた心が落ち着く。相手に気取られないようどうにか電話へ辿り着き、琴乃は震える指で番号を押した。

警察に繋がるまでの僅かな時間が、これほど長く感じたことはない。

やっとの思いで事情を説明し、遠くでパトカーのサイレン音が聞こえた時、改めて磨りガラスに眼をやると、不気味な人影はもう消えていた。

「雅貴さん……」

『よく頑張ったな。……傍にいられなくてすまない。今帰っている途中だから』

その間、彼はずっと電話を切らずにいてくれた。どれほど心強かったか、言葉にするのは難しい。

「え、今って……もう夜中ですよ？　電車も終わっているし……」

『始発なんて待っていられないからタクシーを捕まえた』

「ええっ？　お仕事は？」

『僕が抜けても、これといって問題ない。どうせ今日の予定は視察という名の観光だ。それに――医者の代わりはいるが、琴乃の夫は僕しかいない。君を守る権利があるのも、僕だけだろう？』

妻としては、止めるべきなのかもしれない。もう大丈夫だからと説得し、大切な業務を蔑ろにさせてはいけない。分かっていたが――嬉しかった。

琴乃はまた溢れ出した涙を拭いもせず、何度も頷いた。

「待っています。だから早く迎えに来てください……っ」

それはたぶん、琴乃が初めて雅貴に言った我が儘だ。彼の都合より、自分の気持ちを優先させた。雅貴が今どこにいるのかも知らないくせに、自身のもとに来てくれと希った。会いたい、抱きしめてほしいという願いのためだけに。

『すぐに行く』

言外に、当たり前だと言われた気がした。

胸が温もり、冷えていた手足にも熱が灯る。

その夜、琴乃は眠らず彼が来てくれるのを待ち続け、早朝、やってきた雅貴に抱きついて嗚咽した。

白み始めた空の下、抱き寄せてくれる腕に包まれ、髪を梳かれる。警察官が駆けつけてくれた時よりもずっと安堵していた。大きく息を吸い、縋りついた胸は広くて大きい。琴乃を守ってくれる安心できる場所なのだと心の底から感じられた。

「ただいま——って、え？　何してんだよ」

二人が玄関先で硬く抱き合っているところに、春馬が丁度帰ってきた。雅貴と一緒にマンションに帰ると琴乃が告げれば、弟はこの上なく嫌な顔をしたが、ここ数日の被害を打ち明ければ、渋々頷く。どう考えても、祖母の古い家より二人の新居の方がセキュリティが高いからだ。

「姉さんが、望むなら……」

今までになく、ぴったりと身を寄せ合う琴乃と雅貴に何かを感じたのか、弟はそれ以上何も言わなかった。ただ別れ際、「絶対に姉さんを守れよ」と偉そうに宣う。

「勿論だ。夫である僕が、必ず彼女を守る」

対して、余裕を滲ませた雅貴は見せつけるように琴乃の腰を抱いた。

「ちょ……雅貴さん」

「早く僕らの家に帰ろう」

こうして僅か二泊三日の琴乃の家出は終わった。数日振りの帰宅。もうこの部屋が帰る場所なのだと、琴乃の胸に安らぎが広がる。

「――言うつもりはなかったんだが、実は無言電話はうちにもかかってきていた」

部屋に戻り二人きりになった時、彼はポツリと漏らした。そう言えば以前、天候の悪い日に夢うつつで間違い電話があったことを思い出す。琴乃がその件かと聞けば、雅貴は頷いた。

「すぐに非通知拒否設定にしたから、もう問題ないかと油断していた。すまない、もっと警戒するべきだった」

「貴方は悪くありません。むしろ、知らないところで守ってくれていたんですね……」

ミルクを温めてくれた彼に礼を述べ、琴乃は隣に座る雅貴に寄りかかった。

先日手酷く抱かれたソファーの上で、安心感を得ている自分は間抜けなのかもしれない。それでも、彼の香りを嗅ぎ、気配を感じるだけで気持ちは安定した。

警察へ相談実績を残し、パトロール強化を約束してもらえたが、それよりも雅貴が傍にいてくれるだけで心強く感じる。まるでお守りみたいだと思い、琴乃は小さく笑った。

「何を笑っている?」

「帰ってこられて、よかったと思って」

別れを覚悟していたが、琴乃の手を握ってくれている彼からは、とても温かなものが流れこんでくる。打算的な関係だけではない、甘く柔らかな感情が。

「仮に君が逃げたいといっても、許さない。ずっと僕の傍にいてくれ」

脅迫じみた執着の後に懇願を示され、何だかおかしい。雅貴自身、言い慣れていないのかもしれない。彼はもてるあまり、自ら女性を追い求めたことなどなさそうだ。

だがはっきりと言葉にしてほしい琴乃は、雅貴をじっと見つめた。

「……契約上の、妻としてですか？」

「……命令するつもりはない。これは、お願いだ。本当の意味で、パートナーになってほしい。一緒に年を取り、家族を作りたい。死ぬまで隣にいて笑っていてほしい。琴乃が好きだ——どうか僕と結婚してくれ」

プロポーズ。

既に法律上夫婦ではあっても、初めて言ってもらえた台詞に眩暈がした。人は嬉しくても涙が溢れクラクラするらしい。

張り裂けそうな琴乃の胸は、とっくに答えを出していた。

「はい……喜んで。雅貴さんのお嫁さんにしてください。私も、貴方が好きです」

どちらからともなく引き寄せられ、深く口づけた。激しさのない穏やかなキスを交わし、互いの存在を刻み合う。誰よりも傍にいるのだと確かめるため、飽きもせず相手の口内を味わっていた。

「……は、このまま抱きたいけど、流石に眠い」

唇を離した彼が、くたりと琴乃の肩に額を乗せる。いつも隙なく服装や髪形を整えている雅貴だが、よく見れば眼の下にはクマができ、頭も乾かしただけなのがありありと見て取れた。普段なら考えられないほど、くたびれた様相だ。それだけ大急ぎで自分のもとに駆けつけてくれたのだと思うと、尚更胸が熱くなった。

「寝てください、雅貴さん。私のために……ありがとうございます」

琴乃も二日間碌に眠っていないが、気が昂っているせいかあまり眠気は感じていない。何気なく彼の頭を撫で囁くと、雅貴は甘えるように琴乃の腰に両腕を絡ませてきた。

サラサラと指先からこぼれる髪の感触が気持ちいい。柔らかで艶やかな彼の黒髪を、こんなに穏やかな気持ちで撫でられる日が来るとは思わなかった。

「一緒に寝よう。今日は琴乃が傍にいないと、不安で眠れないかもしれない」

「ま、雅貴さんって意外と甘えん坊なんですね。他人が隣にいたら、眠れないんじゃありませんか?」

見たことのない一面に戸惑うが、嫌ではない。むしろ琴乃にだけ見せてくれた素の部分な気がして嬉しかった。きっと杏奈でさえ、彼のこんな姿は眼にしたことがないのではないだろうか。そう思うと、優越感と満足感でいっぱいになった。

「僕たちは他人じゃない……夫が妻に甘えるのは、当たり前だろ」

眼を逸らした雅貴の耳が、赤く染まっている。それを見ていると、何故か琴乃の頰まで熱を持った。じりじりと体温があがり、勝手に唇が弧を描いてしまう。

「こんな時間に二人で眠るなんて、とても贅沢ですね」

「ああ。最高の休暇だ」

手を繫いでベッドに横になり、向かい合って脚を絡ませ合った。眠れないかもしれないと思ったのも束の間、琴乃の瞼が下りてくる。温かいのと守られている安心感が、睡魔を呼んでくれたらしい。身体の力が抜け、二人はほぼ同時に夢の中へ落ちていった。


平穏な日々が過ぎ、あれ以来無言電話はかかってこない。祖母の家にもないらしく、もしかしたらこのまま静かに収束してくれるのではないかと琴乃は思い始めた。

だが『油断してはいけない』という雅貴に従って、一人で出歩くことは控えている。買い物はもっぱら宅配を利用し、どうしても出かけなければならない時には春馬か雅貴に付き添いをしてもらった。

二人に迷惑をかけるのは心苦しいが、何かあってからでは遅いという助言には頷くより他にない。

その間に祖母の誕生日が過ぎ弟の手術が行われた。プレゼントのショッピングカートとマッサージャーは非常に喜んでもらえ、初めて四人で過ごす誕生日に、祖母は終始ご機嫌だった。春馬は、仏頂面であったが。

弟の術後は良好。病院の中なら安全と、手術当日は付き添えたし、概ね琴乃の希望は聞いてもらえている。だから不満を述べてはいけないと分かっているのだが――

「……少し、過保護すぎませんか？」

『何を言っている。用心するに越したことはない』

仕事中、時間が取れる度に毎日電話をかけてくる雅貴へ琴乃は戸惑いの声をあげた。無関心を絵にかいたような以前とは、えらい違いだ。多少束縛されている気もするが、嬉しいと思ってしまう自分も、似たようなものなのだろう。

「でも、近所のスーパーへちょっとした買い物に行くのも駄目だなんて」

マンションから徒歩三分の位置にある高級スーパーならば、許容範囲ではないかと交渉したが、彼は首を縦に振ってはくれなかった。

『信頼できる人間が傍にいない状態では、出歩かないでくれ。――僕のために』

そう言われてしまうと逆らえない。

琴乃は今日も言い負かされて、電話を切った。

心配は誰にもかけたくない。しかし自分ばかりが安全な場所に隠れているのも嫌だった。またかつての春馬のように、琴乃のせいで別の人が傷つく事態になるのはごめんだ。せめて何か自分にできることはないかと模索する。

——犯人の親御さんの連絡先も分からないし……

知っていたはずの両親は他界している。琴乃は恥ずかしながら、当時父が勤めていた会社名を正確に覚えてはいなかった。十七歳の高校生にとって、親が働く会社の名前や場所は、あまり興味がないものだったのだ。しかも記憶を探ろうとすると恐怖がよみがえり、上手くいかない。

ストーカーに纏《まつ》わる過去の全てを、忘れたいからかもしれない。

うろ覚えの名前をインターネットで検索しても引っかからず、もしかしたら社名を変更していたり、事業をたたんでいたりする可能性もあった。

祖母に聞けば判明するかもしれないが、余計な心配をかけたくはない。春馬も同じだ。

結局、何ら打つ手がなく部屋に引きこもったまま日々が過ぎてゆく。

——せめて親御さんに連絡がつけば、あの男が今どこで何をしているのか把握できるのに……

犯人が無関係ならそれでもいい。少しでも安心できる材料が欲しくて琴乃はパソコンの前に座っていたが、何も有意義な情報は得られなかった。

これでは、雅貴の妻としての役目も全うできている気がしない。彼は居心地のいい家を維持してくれていれば充分だと言ってくれるが、申し訳ないという感情ばかりが琴乃の中で日々大きくなっていった。

「あれ以来、警察から何の連絡もないしね……」

真夜中の訪問者は未だに正体不明だ。後日二人で改めて警察へ相談に行った際、ただの酔っぱらいだったのではないのかと宣った警察官がいたが、雅貴の冷ややかな怒りに慄いていた。しかし、祖母の家にもこのマンションにもあれから一度も不審者が姿を見せない点を考えると、あながち的外れな意見ではなかったのかもしれない。

いつまで続くのか分からない厳戒態勢に疲れ、琴乃は大きく伸びをした。

――悩んでも仕方ない。いっそ探偵さんに依頼することも視野に入れてみようかな。あでも、結構料金がかかりそう……

あれこれ思い悩んでいると、スマホが軽やかに鳴り響いた。画面には『春馬』の文字が表示されている。

「はい」

『ああ、姉さん？　今大丈夫？』

「大丈夫よ。どうしたの？　随分焦った声を出して……」

余裕のない声が聞こえ、琴乃は苦笑した。また友人の敦にでも絡まれているのだろうか。

『それが、祖母ちゃんが転んで、しばらく入院になったんだ。心配かけたくないから秘密にしておこうかと思っていたけど、年が年だけに長引きそうで……』

「えっ……？」

『あ、でも大丈夫。命に関わるとかではないから』

「そういう問題じゃないでしょう？」

高齢者の骨折は大事になりやすい。下手をしたら車椅子や寝たきりになってしまう可能性もある。決して楽観視はできないことに、思わず声が大きくなった。

「怪我はどの程度なの。病院はどこ？　あ、何か持っていくものはある？」

『そんな一気に聞かれても……怪我は左腕の骨折。大腿骨《だいたいこつ》とかじゃなくて少しはマシかも。祖母ちゃんは落ちこんでいるけどね。病院は駅前の――そうそう、あの大きなところ。必要なものは特にない。全部俺が用意したから安心して』

そうは言っても、女手が必要なことがあるかもしれない。何よりも琴乃が祖母の無事を確認したかった。

「すぐに行くわ」

『それは駄目。あの人にも散々言われているだろう。一人では絶対に出歩くなって』

未だに雅貴のことを『お義兄さん』とは決して呼ばない春馬は、琴乃に釘を刺す。

『さっきも言ったように、命に別状はないし祖母ちゃんの意識もはっきりしているから』

「でも元気がないんでしょう？」

孫が見舞いに来ないのでは、事情を知らない祖母は余計に落ちこんでしまうかもしれない。こればかりは譲れないと、琴乃は言い募った。

「マンション前までタクシーに来てもらって、病院に行くわ。それならほとんど外を歩かないから安全でしょ？」

だからお願いと懇願する琴乃に、弟はたっぷり時間をかけた後、ようやく折れた。

『……分かった。ただし、俺が今から迎えに行く。それまで待っていて』

二度手間だと思うが、これ以上の譲歩は望めそうもないので、琴乃は承諾した。春馬との通話を終え、急いで支度をする。長期入院となればタオルやパジャマ、スリッパなども必要だろう。歯ブラシや洗面用具なども必需品だ。だが最悪病院で揃えられるし、春馬が準備してくれたのなら、内容を見てからでも遅くはない。

琴乃は弟が来るのをやきもきと待つ間、雅貴に連絡するべきかどうか悩んだ。先ほど休憩を終えたばかりなのだから、今は忙しいはず。それに余計な心配をさせてしまう。

しばらく逡巡し、結局メールを打っておくことにした。

そうして待つこと約三十分。来客を告げるインターホンが鳴った。

予想より随分早い到着に、琴乃は小走りで玄関に向かう。セキュリティが高いこのマンションでは、一階にコンシェルジュが常駐しており、更に住民の許しがなければエントランスにも入れない。しかも鍵を持っていなければエレベーターを操作できない作りになっているし、停まるのは当該住民のフロアだけ、という厳重さだ。

琴乃の外出が制限されるようになってから、一時的に春馬にはスペアキーを預けていた。いずれは返してもらう予定だが、今は時間が自由になる弟の助けが必要だと雅貴が判断したためだ。だから、不審者が入ってくることなど考えもせず、琴乃は無防備に扉を開けた。

「早かったのね、もっと遅くなるかと思っ……」

立っていたのは、見知らぬ男だった。

背の高い、やや筋肉質な男性。年は二十代後半だろうか。少し長めの髪は脱色されていて、パサついている。どこかで見た覚えのある顔だが、よく思い出せなかった。そもそも若い男性の知り合いなんて、琴乃にはほとんどいない。

しかし琴乃を竦ませたのは、そんなことではなかった。

暗く淀んだ双眸が、こちらを見据えたまま三日月型に細められる。その瞳の異様さに、既視感《きしかん》を抱いたからだ。

「……迎えに来たぞ、琴乃」

「いやっ……」

扉を閉じようとした時には既に遅く、隙間に足を捻じこまれていた。女の力では到底敵うはずがなく、あっさりと力負けし中に入りこまれる。

「何で逃げるんだ？　俺が迎えに来るのが遅くなったから、へそを曲げているのか」

特徴的な、男性にしてはやや甲高い声。抑揚が少なく、耳障りな——聞き覚えのあるもの。いつどこで？

さほど昔ではない。ほんの数か月前。いや、もっとずっと昔に——

「あ、貴方は誰ですかっ、勝手に入ってこないでくださいっ」

「何を言っている？　琴乃が迎え入れてくれたんじゃないか。それに、俺のことを忘れた振りなんてひどいな。やっぱり拗ねているのか」

「貴方なんて知らないっ……」

掠れる声が、情けない。もっと毅然としなければと思うのに、先ほどから琴乃の膝は笑いっ放しだった。それどころか全身が瘧《おこり》にかかったように震えている。後退っては逃げ場がなくなってしまうのに、身体は勝手に男から一歩でも距離を取ろうと逃げ腰になっていた。

「でも大丈夫。これからはずっと一緒だ。二度とお前を手放さないよ」

話が通じない。男は土足のまま室内に乱入し、琴乃との距離を縮めてきた。現実を見ていないかのような昏い瞳。妄想ばかりを紡ぐ口。全てが、琴乃の中で記憶と重なる。

だがあの男はかなりの巨漢で、身長は勿論体重だって相当あった。眼前の男のように引き締まった体型ではなかったはずだ。

「……ああ、俺がだいぶ痩せたから、驚いちゃったのか。だって琴乃と幸せに暮らすには、ちゃんと収入がないといけないだろ。だから俺、退院してから一生懸命働いたんだ。おかげでいい身体になったと思わない？　惚れ直しちゃうだろ？」

「……ひっ」

過去と現在が重なり合う。姿形は変化しても、変えられないもの。それはどろりと粘りつくような視線。身勝手な論理を振りかざすだけの言葉。

七年前の悪夢がよみがえる。忘れたくても忘れられない、あの恐怖が――

「迎えに来るのが遅くなったのは理由がちゃんとあるぞ。退院したら琴乃に会いに行こうと思っていたのに、父さんたちが君に連絡してくれない上に行っちゃ駄目だなんて邪魔をしたんだ。あんまりしつこいから腹が立ったよ」

男の両親はきちんと約束を守ろうとしていたらしい。ならば何故今、彼がここにいるのか。疑問を湛えた琴乃の眼を覗きこんで、男がうっとりと微笑んだ。

「医者もグルになって俺を苛めた。琴乃のことを諦めないと退院させないなんてほざきやがって……仕方ないから奴らの望むように大人しくしていたら、やっと退院できたよ」

「そんな……」

吐き気がこみ上げ、眩暈がした。医師まで騙され、簡単にこの男を野放しにしてしまったのかと絶望する。ならば治療は全くなされず、むしろ七年の間に妄想を補強しただけではないか。

「でも、どうして私の居場所が……」

事件の後、家族全員で引っ越して、かつての繋がりは全て断ち切ったはずだ。仲がよかった友人とも連絡は取っていない。両親も、春馬も、琴乃のために全部捨ててくれた。辿れるわけがない。だが。

「そりゃあ大変だったさぁ。だけど神様ってやっぱりいるんだな。俺たちを引き裂いた琴乃の両親の事故。あのニュースを足がかりにしてどのあたりに住んでいるのかが分かった。そこから調べて、やっとババアと暮らしているところを突き留めたんだ。あいつら俺から琴乃を奪うから、事故なんかで死ぬんだ。天罰が下ってざまぁみろって思ったよ」

「ああ……」

この男は、琴乃の胸を切り裂いたあの事故を、嬉々《きき》として語るのか。まるで福音を聞いたように晴れ晴れとした顔をして、はしゃぎ笑うのか。

——狂っている。

恐怖を凌駕《りょうが》する怒りの感情が浮かんできた。

こんな下種《げす》な男に、琴乃の両親の死を嘲笑う資格はない。触れてさえ、ほしくなかった。声を聞いているだけで、嫌悪感が堪えきれない。

琴乃はじりじりと後ろに下がり、ついに一番奥の部屋の窓際まで追い詰められた。背中に感じるガラスの感触に焦燥が募る。もうこれ以上は行き止まりだ。

「すぐにでも琴乃に会いに行こうと思ったけれど、その前に生活の基盤を整えなきゃいけない。お前に金の苦労はさせたくないし……それで、引っ越し業者に潜りこんだ。ちゃんと働いて偉いだろう？」

「……え？」

言われた言葉が、じわじわと頭に浸透してくる。引っ越し業者の単語が意味するところは。

「だけど俺がモタモタしていたから、琴乃は怒っちゃったんだな。それで好きでもない男と偽装結婚なんてして、俺を妬かせようとしたんだろ？　大丈夫、ちゃんと分かっているよ」

何も理解していない眼で、男は気味の悪い笑い声をあげた。ひとしきり笑った後、今度は急激に憤怒の表情を浮かべる。

「あの男！　琴乃の優しさにつけこみやがって！　見せかけだけとは言え、お前と一緒に暮らすなんて絶対に許せないよ。きっと天罰が下る。いや、あいつの魔手から、俺が救い出してみせる」

「雅貴さんに危害を加えるつもり……!?」

そんなことはさせない。琴乃は竦む心を奮い立たせ、男を睨みつけた。

「琴乃は本当に優しいなぁ……あんな奴を庇うなんて……あ、そうか。俺の心配をしてくれているんだね。大丈夫、負けたりしない。ほらこんなに筋肉も体力もついたんだから」

力こぶを見せつけてくる男は、またニコリと微笑んだ。情緒が安定しないのか、ころころ変わる表情が怖い。

琴乃は震える喉を必死に動かした。

「……あの人に何かしたら、私は決して貴方を許さない」

「意地を張っているのか？　待たせたことがそんなにショックだったんだな。でも俺たちは運命で繋がった特別な二人だ。そうでなきゃ、たまたま仕事で再会するなんてあり得ないだろう？」

このマンションに越してきた日。誰の顔もはっきりとは覚えていないが、大勢いた引っ越し業者のスタッフの中に、物慣れない様子の男がいた。先輩らしき人に怒られ、小さな声で謝罪していた背の高い男性。妙に甲高く、耳障りな声が記憶の片隅に残っている。

「……っ、まさか……」

「俺も偶然会えるなんて思っていなかった。だから何の準備もしていなくて焦ったよ。だけどこれが運命じゃなくて何だと思う？　間違いなく俺たちは赤い糸で結ばれている」

恍惚とした顔で、男が中空に視線をさまよわせた。あの日のことを思い出しているのかもしれない。何も知らなかったとは言え、無防備に、彼を部屋に招き入れてしまった琴乃のことを。

気持ちが悪い。立っていることさえ困難なほど眼が回り膝が戦慄く。それでも座りこむことはせず、死に物狂いで琴乃は踏ん張り続けた。

あと少し、もう少し時間を稼がなければ。そうすればきっと春馬が来てくれる。そう考えて、琴乃はハッとした。

おそらく弟は自分を助けようとしてくれるだろう。だがあの時のように、また怪我を負わせてしまうかもしれない。注意深く男を観察すると、刃物らしき柄の部分がズボンのポケットからちらりと覗いていた。

——駄目。来ては駄目、春馬。

自力で何とかしよう。もしも駄目なら、被害は最小限に。男の目的が琴乃なら、最悪の場合は刺し違えてでもここで終わらせる。

ぐっと奥歯を噛み締めて、琴乃は大切な人たちに心の中で別れを告げた。二度と会えなくても、愛している。叶うなら、自分の口から伝えたかった。

「……どうやってここまで入ってきたの」

セキュリティに問題があるのなら、今後雅貴に被害が及びかねない。可能な限り情報を引き出すため、琴乃はあえて冷静な声で問うた。

「お前が暮らしている場所が分かってから、ずっと機会を窺っていた。そしたらまた奇跡が起きた。このマンションの同じフロアに引っ越し依頼があったんだ。本当に神様が祝福してくれているとしか思えない。その家の娘に近づいてちょっと甘い言葉を囁いてやれば、笑っちゃうぐらいイチコロだった。すぐに鍵の複製を作れたってわけだ」

呪いなのかと思うほど、全てが男に都合よく働いたらしい。悪意のある偶然が、琴乃を雁字搦めにする。たった一度人ごみですれ違い、軽い気持ちで微笑んだことがこれほどの目に遭う自業自得なのか。

理不尽な出会いに涙が滲んだ。

「……貴方の目的は何なの」

「決まっている。琴乃と幸せに暮らすことだ」

幸せなのは男だけ。彼にとって琴乃は都合がいいお人形。意志など必要としない、飾っておくだけのもの。または身勝手な欲望をぶつけるだけの存在だ。

仮に執着の強さが同じだとしても、不器用な言葉で『笑っていてほしい』と願ってくれた雅貴とは、根本からして違う。

――こんな男と一生共に過ごしていくなんて、考えたくもない。

琴乃はゆっくり横に移動し、パソコンの脇に置いたままのスマホへ近づいた。彼に目的を悟られないよう、話し続ける。

「暮らすといっても、どこへ行くつもり？」

「そうだなぁ。結構お金は貯まったから、南の島なんてどうだ？　暖かいところの方が暮らしやすいんじゃないかなぁ。琴乃の水着姿も見たいし」

舌なめずりするだらしない口元に怖気が走ったが、渾身《こんしん》の力で笑ってみせる。男が脂下がったのを確認し、琴乃は甘い声を出してやった。

「素敵ね。でも私がいきなりいなくなったら、大勢の人が心配して探しに来ると思うの」

「邪魔する奴には、俺が罰を与えてやる！」

「貴方に危ないことをしてほしくないわ。だから……ね、ちゃんと私が自分の意志で姿を消して、探さないでくださいと伝えておけばいいんじゃないかしら」

握りこんだスマホが、今の琴乃にとって唯一の命綱だった。じっとりとかいた汗が、端末を滑らせる。作り笑いを張りつけたまま、吐き気がする嘘を並べ立てた。

「私と貴方が平穏に暮らすためには、それが一番いいと思わない？　誰にも邪魔されず、愛し合いましょう」

「ああ、琴乃……！　お前はやっぱり俺の理想だ」

瞳を潤ませ、すっかりのぼせ上がった顔をした男は、何度も小刻みに頷いた。完全に油断を誘えたと判断し、琴乃はもう一つ別のものをこっそり手に取った。

ボールペンなどの筆記用具を纏めた入れ物の中から、鋏《はさみ》を取り出す。右手にはスマホ。左手の武器は、背中側のスカートのウエスト部分に差しこんだ。心許ないけれど、ないよりはマシだ。

「それじゃ、知り合いにメールを打っておくわ。少し待っていてくれる？」

「ああ。でも早くしてくれ。お前との新生活が待ちきれない」

興奮する男を宥め、琴乃はスマホを起動させる。勿論そんなメールを打つつもりなどなく、速やかに警察へと電話した。すぐに繋がったが、こちらからは何も話すことはできない。それでも琴乃と男の会話は聞こえるはずだ。不審に思ってくれることを祈り、琴乃はメールを打つ振りをした。

「でも昔のこともあるし、いきなり押しかけられたのはびっくりしたわ」

「悪かった、驚かすつもりはなかったんだ。一刻も早くお前に会いたくて……」

「……無言電話や、真夜中にチャイムを何度も鳴らされたのは怖かったわ。それに、ナイフは必要ないんじゃない？」

警察に聞こえるよう、わざと大きな声で話した。事件に巻きこまれているのだと、察してほしい。祈りつつ、琴乃は無意味に指先を動かす。男からの返事がなく、不気味な沈黙が訪れた。

「……ゆっくりでごめんなさい。私、メールが苦手なの」

琴乃は沈黙を埋めるため、時間がかかる言い訳をする。まだ警察との通話は続いている。悪戯電話と判断され、切られてはいないようだ。だが決定打が欲しい。緊急事態だと判断され、パトカーで駆けつけてくれるような。

薄氷《はくひょう》を踏む心地で、琴乃は口を開いた。

「いくら私のためでも、土足で上がりこんでくるのは普通じゃないと思うわ。ストーカーや強盗みたいでしょう?」

電話の向こうから、微かに物音が聞こえてくる。尋常じゃない事態だと伝わっただろうか。いくつかのキーワードで、先方が気がついてくれたことを願う。

あともう少しと意気ごんで、琴乃は駄目押しのために息を吸った。その時。

「――琴乃は本当にメールを打つのが遅いな。貸せ。俺が代わりに打ってやる」

ずっと下を向いていたから、男の接近に対応するのが遅れた。直前まで迫ってきた彼が、琴乃のスマホを奪い取る。咄嗟のことに抵抗もできず、最後の希望が掻《か》っ攫《さら》われた。

「あっ……」

「ちくしょうっ!」

濁った眼でスマホの液晶画面を見つめた男は、それを床に叩きつけた後、何度も踏みつけた。口角から泡を飛ばし、呪詛《じゅそ》を吐きながら繰り返し、執拗に。あまりの狂乱振りに、琴乃は止めることなどできなかった。

「……警察に電話するなんて、どういうつもりだ? 俺を騙したのか? 琴乃」

原形を留めないスマホから足をあげ、男がゆらりとこちらを見る。その双眸からは、完全に正気の光が失われていた。ピクピクと痙攣する瞼や頬、顎がでたらめな動きをする。人の顔がこうも醜悪に歪むのを、琴乃は初めて目の当たりにした。恐ろしさのあまり声も出ず、無我夢中で鋏をスカートから引き抜き胸の前で構えた。

「近寄らないで！」

「裏切ったのか、琴乃。こんなに愛しているのに！　お前は俺のものだ。俺だけのものであるべきだ！」

地団太を踏み、子供のように癇癪《かんしやく》を起こした男が顔を真っ赤に染めた。そしてズボンのポケットから、小振りなナイフを取り出す。

「……分からないなら、分からせてやる。こんな汚い世界からは、二人で逃げよう？」

じり、と距離を詰められ、琴乃は壁際を移動した。廊下に続く扉までは遠い。全力で走っても、玄関を飛び出す前に捕まってしまいそうだ。

――いっそトイレに隠れる？　駄目。ドアを壊されたら、お終《しま》いじゃない……

覚悟を決めても、最後まで諦めたくはない。まだ会いたい人がいる。大切な人たちと、簡単にさよならはしたくない。せめてもう一度――雅貴に抱きしめてほしかった。

鋏を突き出し、男をこれ以上近寄らせず距離を維持する。普通ならば怯むだろう勢いで手を動かしたが、壊れた男に効果はなかったらしい。

鋏の刃をものともせず、男は突進してきた。躊躇ってしまったのは、琴乃の方。他者を傷つけることは、たとえ相手が誰であっても容易ではなかった。

弾き飛ばされた鋏が、床を滑って飛んでゆく。ニタリと笑んだ男がナイフを振りかざす。

全てが、ゆっくりとした映像に見えた。コマ送りになった世界で、鈍く光る刃が落とされる。琴乃の胸目がけ、一直線に。

「っ――！」

――雅貴さんと本当の夫婦に、なりたかったな……

「琴乃！」

硬直していた身体が思い切り横に引っ張られ、倒れこむ。予測していた痛みとは違う衝撃の後、大きく温かな何かに包みこまれた。鼻腔を擽る大好きな香り。考えるより先に、琴乃は絶対的な安心感でいっぱいになっていた。

「雅貴……さん」

恐る恐る瞼をあげれば、愛しい人が自分に覆い被さっている。

どうして彼がここにとか、襲いかかってきたはずの男が何故倒れているのかとか、疑問は沢山あった。琴乃が無傷でいることも信じられない。ナイフの行方を捜すと、仁王立ちになった春馬が握っていた。

「二人とも……どうして」

「琴乃がメールをくれた後、嫌な予感がして部屋に電話をかけたんだ。そうしたら繋がらなかったから、杏奈に全部押しつけて病院を抜けてきた……自分の勘を信じてよかった……」

「電話線が抜かれている。俺は姉さんを迎えに来たら、下で血相を変えたこの人――義兄さんに会ったんだよ」

いつの間に、と思ったが、怯え縮こまった琴乃の舌は上手く動かなかった。春馬が倒れた男に馬乗りになり、ベルトを使って拘束する。どうやら殴り飛ばされたらしい男は朦朧《もうろう》としながらも眼をぎらつかせて暴れ出した。

「畜生っ、またお前か！　俺と琴乃の邪魔をしやがって！　神様、こいつにも天罰を与えてください。こいつの両親みたいに事故に遭わせてください！」

「何だと……？」

春馬の声が一段と低くなる。琴乃が一度も聞いたことがない、硬く凍えた声音だった。弟が本気で怒る姿を初めて眼にする。両親の死は、琴乃は勿論、春馬にとっても深いトラウマだ。それを嘲る男を、許せるはずがなかった。

容赦なく男に体重をかけた春馬は、わざと胸部を圧迫した。成人男性の、しかも一般平均よりも大柄な春馬にのしかかられては、男も苦しかったらしい。すぐに泣き言を漏らしたが、弟は更に体重を乗せた。

「うがっ……痛い！　痛い！　やめてくれっ」

「……春馬君、人間の肋骨《ろっこつ》は案外簡単に折れる。でもまぁ、肺や血管に刺さらなければ大事に至らない。万が一重要な内臓器官を傷つけると相当危険だけど、自己防衛のためなら

仕方ないな」

「た、助けてくれ……っ」

全く止める気がない雅貴は男の懇願を無視し、琴乃を抱き上げた。手にも足にも力が入らない琴乃は、されるがままソファーの上に運ばれる。視界から男が消えたせいで、今何が行われているのかは分からなくなった。

耳障りな叫び声と、遠くからパトカーのサイレン音が聞こえ、やっと自分が助かったことを実感する。大切な愛しい人の腕に抱かれ、ようやく涙が溢れ出した。

「琴乃が時間を稼いでくれたおかげで間に合った……君が無事でよかった。琴乃を喪えば、僕は生きていかれない」

「雅貴さん……」

頬ずりし、幾度もキスをしてくる雅貴の身体も震えている。琴乃は彼の頭を掻き抱き、感謝と愛の言葉を繰り返し続けた。

エピローグ

「あの時、義兄さんは迷わず姉さんに覆い被さったんだ。あのままなら確実に、自分が刺されていたのに……」

　まるで咄嗟に犯人の男を殴り飛ばすことを選択した自身を責めるような言い方で、春馬は吐き出した。後ろめたそうに睫毛を伏せ、テーブルを挟んで腰かけた琴乃に頭を下げる。

「春馬が謝る必要はないわ。貴方がいなかったら、私も雅貴さんも無事では済まなかったもの……改めて、助けてくれてどうもありがとう」

　あの後、すぐに警察が駆けつけてくれ、男は連行されていった。息子を溺愛する彼の両親が飛んできて、何とか穏便に済ませてほしいと懇願してきたが、雅貴は冷笑と共に被害届を提出した。過去のことについても、絶対に許さないと宣言し琴乃を完全に守ってくれた。

全て彼が処理してくれ、今は穏やかな時間を過ごすことができている。

今日は久し振りに弟の春馬がマンションの部屋に来ていた。祖母には一連の騒動を秘密にしているので、病室では話せない内容だからだ。伊川の家にも、こんな話題を持ちこみたくはなかった。

「でも俺は……たぶんあの時、自分のためにあいつを殴ったんだ……昔のことを思い出して、頭に血が上っていた。義兄さんは、姉さんのことしか考えていなかったのに」

「そんなこと、気にしないでいいの。どんな理由があったとしても、私たちが無傷で助かったのだから、それでいいじゃない」

細かいことよりも、琴乃にとっては弟が雅貴のことを『義兄さん』と呼ぶようになってくれたことの方がずっと重要で嬉しかった。せっかく家族になったのだから、叶うなら仲良くしてほしい。願いが叶って、大満足だ。

「そもそも、私がきちんとモニターで確認しなかったのが悪いんだもの。雅貴さんにも、怒られちゃったわ」

大人になってから、あんなに真剣に叱られたのは初めてだったかもしれない。しかし自分を心配してくれた故であることは痛いほど分かったし、反省した後には思い切り甘やかしてくれたので、不満などあるはずもなかった。

琴乃はドロドロに蕩かされた夜のことを思い出し、軽い咳払いで淫靡な記憶を振り払った。あの夜は、快楽を追うのではなくひたすら互いを労り、ゆっくり時間をかけて肌を重ねる時間を堪能した。指や舌で優しく高められ、穏やかながら深く繋がれた気がした。

男性本位のセックスではなく、愛し合う過程を楽しむ行為らしい。

いつもの激しいものも嫌いではないけれど、琴乃が雅貴にとって快楽を得るための道具ではなく、宝物として扱ってもらえたようで、とても嬉しかった。

「とにかく、もう不毛な謝罪も罪悪感もなしよ。私たち、みんな元気でいられるのだから、本当によかった」

心の底から、そう思う。もう二度と、過去の恐怖には囚われない。忘れられたわけではないけれど、前へ進む強さを身に着けることができた。

「……姉さん、何だか変わったね。前は痛々しいくらい自分が頑張らなくちゃって感じだったのに、今はいい意味で肩の力が抜けたみたいだ」

「ちょっと春馬……貴方、私のことそんな眼で見ていたの？」

痛々しいとは失礼な。ジロリと上目遣いで睨めば、彼は少し寂しげに笑った。

「褒めているんだよ。義兄さんに、いい影響を受けているんだな。――俺、そろそろ帰るよ。敦と約束があるし」

「え、もう？　今日は土曜日だから、雅貴さんがもうすぐ帰ってくるわよ？」

「んー……また今度にする。俺もまだ、完全に割り切るには時間が必要なんだ」

「……？　そう？　じゃあ、今度ゆっくりいらっしゃい」

弟が言いたいことはよく分からなかったが、どこか晴れ晴れとした彼に手を振り、琴乃は見送った。その後ろ姿はしっかりと歩いていて、リハビリも順調らしい。術後の経過がいいと雅貴からも聞いている。琴乃は安心して玄関扉を閉じた。

それからさほど経たず、雅貴が帰宅した。出迎えた琴乃が最初にするのは、お帰りなさいのキスだ。いつも眼鏡にぶつかってしまうのだが、今日も失敗した。

「君はなかなか上手くならないな」

「先に眼鏡を外してくれればいいのに……」

彼は自分から口づけてくる時は事前に外すか、または眼鏡がぶつからない角度でしてくれるのに、琴乃からのキスには協力してくれない。ただ待つだけで、面白がっているのだ。

それが悔しくて雅貴が帰宅の度に挑戦しているのだが、今のところ全戦全敗だった。

いっそこちらから口づけなければいいのかもしれないが、それも歯がゆい。負けた気がして、今や引けない戦いになっていた。

「春馬君は？」

「もう帰りました。割り切るには時間が必要とか、よく分からないことを言っていましたけど」

「ああ……敵ながら、同情するな」

「え？」

よく聞き取れなかった琴乃が首を傾げると、彼は「男同士の秘密だ」と言って教えてくれなかった。

「そんなことより琴乃、これ」

ぽんと軽く渡されたのは、小さな箱。いかにも高級そうなビロード張りで、リボンが結ばれている。中身が何であるのか、経験が少ない琴乃にも察せられた。

「これ……」

「結婚指輪は仮のものを渡していたけど、婚約指輪は贈っていなかっただろう」

素っ気なく言う雅貴の耳は、赤く色づいていた。何事にも慣れた風情の彼が、照れている。それだけで琴乃の気持ちは浮足立った。『特別』だと言動の端々から感じられるからだ。

ドキドキしながら蓋を開けると、中には指輪が収まっていた。眼が眩《くら》みそうな輝きを放つ、大きな一粒のダイヤモンド。両端には、可愛らしいピンクのダイヤがあしらわれている。

「綺麗……」

恐る恐る薬指に嵌めれば、驚くほどぴったりでより一層光を放つ。あまりの美しさに、琴乃はうっとりと見惚れた。

高かっただろうなとか、いつの間に用意してくれたのかとか色々な疑問が浮かんだが、口からこぼれたのは、一言だけ。

「嬉しい……」

もっと見つめていたいのに、涙で滲んでよく見えない。琴乃が嗚咽を堪えて微笑めば、雅貴が抱きしめてくれた。

「気に入った？」

「はい。ありがとうございます。一生大事にします」

後頭部を撫でられ、余計に涙腺が緩んだ。自分たちは、普通の恋人同士と比べれば順番がめちゃくちゃだと思う。

結婚式は後回しで一緒に住み始め、心を通わせる前に身体を重ねた。その後プロポーズを受け、やっと想いを告白し合い、更に後から指輪をもらうなんて、他人から見れば変わっていると言われるだろう。でも、これが二人のペースだったのだと今は思う。

琴乃は幸福感に満たされ、頬を流れる滴を彼に舐めとられた擽ったさで笑ってしまった。するど。

「一緒に風呂に入ろう」

「え」

せっかくの余韻はどこへやら。頷く間もなく服を脱がされ、琴乃は浴室に連行された。

「ちょ……待ってください。指輪を外さないと……！」

「そのままで。僕があげたものだけを身に着けているのかと思うと、興奮する」

制止は聞き届けられず、強引に浴室へ連れこまれる。かつての痴態を否が応でも思い出し、琴乃は真っ赤になった。

「……あまり見ないでください」

「今更。君の身体で見ていないところはない」

「それでもです」

背中を向け、両手で胸と大切な場所を隠すが、あっさり背後から捕獲された。尻に当たる硬いものの存在に、琴乃の内側が甘く疼く。

「今日はまだ風呂に入っていないだろう？　洗ってやる」

絶対に善意だけではない声で、雅貴が琴乃の耳に吹きこんだ。湿った吐息に、ゾクゾクと愉悦が走る。ボディソープを泡立てた彼が、たっぷりとした白い泡を琴乃の身体に塗りつけ、立ったまま全身をゆったり弄ってゆく。時折いたずらに胸の頂を掠められるのが辛い。触れそうで触れない絶妙な位置で、乳房を揉み解された。

「や、ぁ……スポンジを使ってください」

「駄目だ。君の肌には刺激が強すぎる。手で洗う方がいい」

雅貴の胸板が、琴乃の背中に擦りつけられる。泡で滑りぬるぬると動く様は、いつもの肌を重ねる感触とはまるで違ってひどく淫靡だ。背徳感を刺激され、余計に官能が高められる。同時に、幾度も彼の屹立が危ういところをノックした。琴乃の花弁を割ってしまいそうで、前後する度に期待と怯えが入り交じる。

思わず熱く潤んだ息を吐くと、雅貴の腕の中でくるりと反転させられた。

向かい合い、互いの瞳に欲情の焔《ほのお》を見つけ、自然とキスを交わす。真っ白な泡を塗《まぶ》された身体を擦りつけ合い、身をくねらせて相手の唇を貪った。

琴乃がたどたどしく舌を伸ばせば、彼は情熱的に応えてくれる。拙い誘惑を受け、嵐のような情熱で返してくれた。

「……っん、ふ、ぁ……」

飲み下しきれなかった唾液が顎を伝い、頭がぼんやりと霞がかった。酸欠のせいなのか上手くものを考えられず、酩酊したように気持ちのいい浮遊感がある。琴乃は萎えそうになる足で懸命に背伸びし、もう一度自ら雅貴に口づけた。

「ん……っく、ん……」

淫らな水音を立てるいやらしいキスで、互いの呼吸も奪い合う。口づけが深くなるほど膝から力が抜けて立っていられなくなり、琴乃は彼の首に両腕を巻きつけることで何とか体勢を保った。

「ふ、ぁ……やっぱり眼鏡を外してくだされば、ぶつからずにちゃんとできます」

浴室内では曇ってしまうから、雅貴は服を脱ぐのと同時に脱衣所に置いてきたらしい。レンズというフィルターがない彼の瞳は、やはりどこか獰猛な獣を思わせる。いつもの冷静で理知的な雰囲気が拭い去られ、鋭い眼差しに直接射貫かれるからかもしれない。

眼鏡を外した雅貴の顔は何度も見ているくせに、琴乃は毎回『食べられそう』だと思わずにはいられなかった。しかしそれさえ愛おしいのだから、もうどうしようもない。

切れ長の黒曜石に見据えられ、琴乃は女の部分が潤むのを感じた。

「朝晩毎回外すのは面倒だ。それにかけたままの方が君の顔がよく見えて楽しい。合理的に考えて、琴乃が上達する方が有意義だ」

朝は行ってらっしゃいのキス。夜はお帰りなさいのキス。いつの間にか習慣となった夫婦の決め事にも、彼は合理性を求めるらしい。

「じゃ、じゃあ雅貴さんからしてください。そうすればぶつかることもないし……」

「断る。琴乃からすることに、意味がある」

取りつく島もなく言い切られ、琴乃は無意味に口を開閉した。決して彼はお喋りではないのに、口で勝てる気がしない。もっとも、あらゆる面で琴乃に勝ち目はないのかもしれないが。

「ひゃ、んっ」

向かい合ったことで今度は尻を揉まれ、割れ目に沿って雅貴の指が上下した。すっかり硬くなった琴乃の胸の飾りが、彼の胸板で滑る。泡の下から赤く色づく様子が、名状しがたいほど卑猥だ。

腹を押すそそり立つ強直に琴乃の喉がコクリと鳴った。

「下も洗わないといけないな。座って」

命じられ、まるで魔法にかかったかのように素直に従ってしまう。雅貴に躾けられ、琴乃の身体はすっかり変わっていた。彼に触れられるだけでもう、奥底に期待が燻ぶる。もっと密着したくなり、いやらしく蜜をこぼす。

いいや、身体だけではなく、心も変化した。傷だらけでも、前へ進む勇気を分けてもらった。眼を逸らし忘れようと努力する方法ではなく、幸せを摑むやり方で。

バスチェアに腰かけた琴乃の前に跪《ひざまず》き、雅貴が恭《うやうや》しく足を取る。爪先から丁寧に泡を塗され、自分が生クリームで飾られたケーキになった気分だった。

くるぶしからふくらはぎ、膝を通り越した彼の手が迷わず上へとのぼってくる。太腿の内側に侵入され、琴乃は声になりきらない滾る吐息を漏らした。

「あ……」

足の付け根は、既に蜜を湛えている。極上の快楽を知ってしまった肉体は、もっと鮮烈な快感を求めていた。雅貴だけが与えてくれる、淫猥でめくるめく忘我《ぼうが》の時。喘ぐように琴乃が唇を戦慄かせれば、軽く触れるだけのキスをされた。

これだけでは物足りない。はしたない欲望に琴乃の頬が染まる。しかし雄弁な瞳は我慢できずに、渇望を彼へ伝えてしまった。

「……いやらしい顔」

雅貴の唇が弧を描く。愉悦と支配欲が入り交じった悪辣な笑みだ。けれど琴乃はそんな皮肉めいた笑顔も嫌いではない。息を弾ませ、胸の高まりを抑えきれずに、爪先で彼の脇腹を撫で上げた。

「……っ、反撃するなんて生意気だ」

ジロリと睨まれ、下腹が疼いた。きっと今、自分は淫らな顔をしているだろう。発情期の雌の如く、雄を誘うフェロモンを出していても不思議ではない。淫悦を求め、浅ましく男の欲を煽っている。

だが、それで構わない。

どうせ琴乃のそんな姿を見るのは雅貴だけだ。他の誰も眼にすることがないならば、いくらでも大胆になれる。そもそも自分に色々教えたのは彼だ。男を誘惑する方法も、愛される術も。

そして琴乃に焚きつけられて、余裕を崩す雅貴を鑑賞できるのも、自分だけ。

贅沢で特別なポジションを誰にも譲る気はない。彼は琴乃だけのもの。そしてこの身も雅貴だけのものなのだから。結婚とは、きっとそういう契約なのだと思った。

シャワーで泡を全て流され、一緒に湯船に浸かる。向かい合う姿勢で彼の足を跨ぎ、琴乃は陰唇にキスをする楔に手を添えた。

硬く張り詰めたそこはぴくぴくと脈動し、すっかり天を仰いでいる。早く琴乃の中に入りたいと懇願されているようで可愛い。最初の頃はまともに見ることもできなかったけれど、今は彼のものだと思えば愛情を感じられた。

根元から先端に向かい扱き、つるりとした頭を優しく撫でると、雅貴が小さく呻く。

「……っ、焦らすなよ……そのまま腰を落として」

自分から挿れたことがない琴乃は、ほんの少し逡巡した。しかし雅貴が望むことは全てしてやりたい。自分が主導権を握っているような高揚感もあり、蜜口と強直を擦り合わせる。パシャパシャと跳ねる湯面が、尚更全身に熱を巡らせた。

ゆっくり腰を落とせば、吸いこまれるように丸みを帯びた先端が呑みこまれる。狭い入り口を押し広げて、内壁が圧迫された。隘路を満たされ、琴乃の口から喘ぎが漏れる。

「……ぁ、あ、あ……」

浮力のおかげで中途半端な体勢でも辛くはないが、膝立ちになった腿が震え、気を緩めれば一気に咥えこんでしまいそうで怖い。まだ半ばほどまで受け入れただけなのに、圧倒的な快感に襲われて琴乃は動けなくなってしまった。

「琴乃」

名前を呼ばれただけで命令をくだされた気分になる。促されている内容は百も承知だ。だが動けずに、琴乃は涙目で彼を見つめた。

「や、ぁ……もう」

「君は本当にいつまで経っても物慣れなくて……可愛いな」

「ひぁっ」

雅貴に腰を摑まれ、下から鋭く突き上げられた。ばしゃりと水滴が散り、腹の中が彼でいっぱいになる。衝撃で体勢を崩した琴乃は、自重も加わり奥深くまで貫かれた。休む間もなく始まった律動により、ゴリゴリと肉壁を削られる。

「あぁっ、ゃ、あんッ」

揺れる乳房の先端を舐められ、引きそうになる腰はがっちり拘束されていて逃げられない。思うさま揺さぶられ、突かれ、雅貴の形を叩きつけられた。

合間に後孔に悪戯されて、琴乃は大慌てで髪を振り乱す。

「だ、駄目ですっ、そこは……！」

「嫌がり方が本気だな。じゃあ、今はしない」

「今は!?」

あっさり手を引いてくれたのはいいが、不穏な言葉に眼を剝いてしまった。そんなところは永遠に何もしてほしくはない。

琴乃が怯えた視線を向ければ、彼は意地の悪い笑みで返してきた。

「一生は長い。僕らは生涯を共にするんだから、琴乃の気が変わるかもしれないだろう」

「変わりません、絶対に……！」

「それはどうかな。僕らはこんなにもお互い変わったのに？」

最奥を抉ったまま前後に揺らされ、雅貴の繁みに琴乃の淫芽が擽られる。堪らない刺激に、抗議は駆逐《くちく》されていた。

「ひぅっ、ぁ、あ……あぁっ」

湯と汗のせいで滑る彼の首に、琴乃は思い切り縋りついた。それは自分の胸を雅貴の顔に押し当てているのと同じだったが、思考力は既に失われている。

含み笑いが聞こえた気もするけれど、快楽に翻弄された琴乃の耳には届かなかった。

浴槽が揺れそうなほど激しく突き上げられ、自分の嬌声が反響する。寝室で睦み合うよりも大きく響く淫らな声が、尚更琴乃の理性を焼き切っていった。

「ん、ァアッ……、駄目っ、あ、ああっ」

自ら捧げてしまった乳房に歯を立てられ、甘噛みされる。舌先で熟れた頂を転がされれば、新たな喜悦が呼び起こされた。上と下から同時に与えられる淫悦に、琴乃の限界が振り切れる。

「や、ぁあんっ、もう掻き回さないでぇっ……おかしくなる……！」

その台詞が逆効果になるとも知らず、蕩けた瞳と舌足らずな口調で懇願した。琴乃の内側を蹂躙する雅貴の屹立が、ぐんっと質量を増す。

「な、何で……」

「煽った君が悪い」

艶めかしく掠れた声で、彼が吐き捨てた。限界まで埋め尽くされた隘路が、荒々しく穿たれる。何もかもが快楽に変換され、きつく吸いつかれても、うねる愉悦に呑みこまれていった。絡みつく媚肉を引き剝がすような激しい動きに、頭の中が真っ白になる。

「あああっ……」

背をしならせて雅貴の昂りを締めつけた。蠕動する肉壁が、彼を舐めしゃぶり精をねだる。その間も子宮の入り口をこじ開ける勢いで捻じこまれ、琴乃は四肢を痙攣させて激しく達した。

気持ちがよすぎておかしくなる。怖いくらいの快感に半開きになった口からは唾液がこぼれた。腹の中に熱液がぶちまけられ、内側から染め上げられる。

屈服した身体は、雅貴の子種を大喜びで飲み下した。一滴も逃すまいと窄まった蜜壺が、美味しそうに彼を咀嚼する。琴乃は制御できない己の動きにさえ感じ、また一段高みへと飛ばされた。

「ん、ぁああ……」

深く、長い絶頂に指先までが虚脱した。瞼を押し上げることさえ億劫なほど、根こそぎ体力を奪われる。

彼のものが引き抜かれると、湯の中を白濁が漂い、卑猥な模様を描いて消えていった。

「雅貴さん……」

「足りない。もっと琴乃が欲しい」

疲れ切り、これで終わりだと思ったのに、彼は濃密なキスを仕掛けてきた。琴乃の欲情を再び灯す、ねっとりとした執拗な口づけ。もう無理だと断りたくても、雅貴はこちらの火照らせ方を知っている。

どこをどうすれば琴乃が鳴き、快楽に溺れるのかを熟知していた。

すっかりはしたなく膨れた花芯を捏ね回され、引きかけていた悦楽が呼び戻される。彼の滴る色香に当てられれば、負けたも同然だった。

浴槽から抱き上げられた琴乃は寝室に連れこまれ、その夜、雅貴が満足するまで数えきれないほど何度も達した。

「琴乃……愛している」

いつだったか琴乃は、『もし、本当に相思相愛の相手であれば、雅貴さんはきっともっと大切にするに違いない』と諦念《ていねん》と共に考えたことがある。あの時は、まさか自分がその対象になるとは夢にも思わなかった。そして、彼がこれほどまでに熱い情熱と執着を抱えているなんて、想像もしていなかった。

溢れんばかりの愛情を注がれ、琴乃は愛する人の腕の中で眠りに落ちる幸福を噛み締める。

きっと自分ほど幸せな花嫁は他にいない。出会いは特殊で辿った道筋も平坦ではなかったけれど、琴乃はやっと手に入れた甘えられる場所の温もりを、全身で味わった。

「私も……雅貴さんを誰よりも愛しています」

やや意地悪な夫に、清楚な妻は囁いた。

あとがき

初めましての方も、二度目以降の方もこんにちは。山野辺《やまのべ》りりと申します。

今回は、ブラックオパールさんにて『みだらな男』を書かせていただきました。楽しかったです。ただ『みだら』の塩梅が非常に難しかったです。一歩間違うと即犯罪者……！ヒーロー逮捕ラストがアカンという理性は、一応持ち合わせております。

というわけで、いつもとはちょっと方向性の違う『みだら』を模索してみました……恋愛や結婚は勿論、基本他人に興味がない男性と、利害関係の一致で結婚することになった主人公。やや男性恐怖症の彼女には、過去に負った心の傷があって、というお話です。援助の引き換えに要求されたのは、『妻の役目を果たすこと』と『愛を求めないこと』。家族を守るために受け入れた主人公の奮闘と苦悩を、どうぞお楽しみください。

イラストは氷堂《ひどう》れん様です。可愛い。そして格好いい。黒髪清楚な琴乃も、鬼畜眼鏡な雅貴も素敵です……！　私の妄想を軽々と越えてきたキャララフに、身悶えしました。本当にありがとうございます。

私のやる気をいつも掻き立ててくださる担当様、完成まで携わってくださった全ての皆さま、ありがとうございます。最後にこの本を手にしてくださった方に、最大限の感謝を。

またどこかでお会いできることを願って。

ありがとうございました!!
とても楽しく描かせて頂きました!
琴乃ちゃんにデレデレな雅貴さんがもっと見たい〜!!!
氷堂れん

凶《きょう》愛《あい》な性《サガ》　冷《れい》徹《てつ》な敏《びん》腕《わん》医《い》師《し》に 壊《こわ》れるほど愛《あい》されて

オパール文庫ブラックオパールをお買い上げいただき、ありがとうございます。この作品を読んでのご意見·ご感想をお待ちしております。

ファンレターの宛先
〒102-0C72　東京都千代田区飯田橋3-3-1
プランタン出版　オパール文庫編集部気付
山野辺りり先生係／氷堂れん先生係

オパール文庫＆ティアラ文庫Webサイト『L'ecrin《レクラン》』
http://www.l-ecrin.jp/

著　者――**山野辺りり**（やまのべ りり）
挿　絵――**氷堂れん**（ひどう れん）
発　行――**プランタン出版**
発　売――**フランス書院**
〒102-0072　東京都千代田区飯田橋3-3-1
電話（営業）03-5226-5744
　　（編集）03-5226-5742
印　刷――誠宏印刷
製　本――若林製本工場

ISBN978-4-8296-8354-5 C0193